LE DERNIER

VOYAGE DE NELGIS,

ou

MÉMOIRE D'UN VIEILLARD.

TOME SECOND.

CET OUVRAGE, AINSI QUE LES AUTRES DU MÊME
AUTEUR, SÈ TROUVENT CHEZ :

LEVAVASSEUR, succes. de Ponthieu, au Palais-
  Royal;
DELAUNAY, libraire, au Palais-Royal;
LECOINTE ET DUREY, quai des Augustins;
ARTHUS-BERTRAND, rue Hautefeuille, n°. 23;
SCHUBART ET HEIDELOFF, quai Malaquais, n. 1.

IMPRIMERIE DE MOREAU,
rue Montmartre, n 39

LE DERNIER

VOYAGE DE NELGIS,

OU

MÉMOIRES D'UN VIEILLARD.

DÉDIÉ

A M. LE MARQUIS D'ALIGRE,

Par Mme la Comtesse de Genlis.

SECONDE ÉDITION.

PARIS,

ROUX, LIBRAIRE, PALAIS-ROYAL,

PÉRISTYLE VALOIS, EN FACE LA GALERIE DES BONS-ENFANS,
ci-devant galerie de bois.

1829.

LE DERNIER
VOYAGE DE NELGIS,

ou

MÉMOIRES D'UN VIEILLARD.

~~~~~~

CHAPITRE XX.

Retour à Saint-Aubin. — Conversations.

●

Nos voyageurs, en retournant à Saint-Aubin, passèrent devant quelques volcans éteints ; ils s'arrêtèrent pour descendre dans ces profondes cavités, afin d'y voir les couches de laves qu'or y distingue encore ; ensuite ils remontèrent en voiture et continuèrent leur voyage. Nelgis avoit été la veille faire ses adieux à son filleul, et comme celui-ci s'étonnoit de ses bontés pour

lui et de toutes ses attentions : Ne
suis-je pas, lui dit-il, votre père spirituel? En général, ajouta-t-il, on ne
pense point assez aux devoirs qu'im-
posent les titres sacrés de parrain, de
marraine et de filleul, en présentant
ces enfans à l'autel, pour que Dieu
daigne en faire des chrétiens, afin de
les admettre un jour dans le ciel.
N'a-t-on pas pris avec Dieu même
l'engagement de veiller à jamais sur
eux, de les aider, de les secourir en
toute chose ?—Et quand les parrains
sont vertueux, les filleuls leur doivent une vive reconnoissance et un
profond attachement. En disant ces
paroles, Étienne prit la main de son
protecteur pour la baiser, mais Nelgis l'embrassa tendrement en le ser-
rant dans ses bras ; adieu, mon enfant, adieu, mon fils, lui dit-il;
aussitôt que je serai de retour à Paris,
je vous donnerai de mes nouvelles,

et je vous enverrai une caisse remplie de toutes les choses que je sais
qui pourront vous être agréables et
utiles.

Le lendemain de cette conversation, les deux amis partirent pour
Saint-Aubin ; en y retournant, ils
passèrent dans la belle terre de Ren-
dan, possédée aujourd'hui par son
altesse royale mademoiselle d'Orléans ; et Nelgis recueillit, avec un
plaisir inexprimable, les louanges
unanimes et touchantes que tous les
habitans donnoient à sa bienfaisance,
à celle du prince son frère, et à la
constante bonté de toutes les personnes de son auguste et charmante famille ; ils allèrent aussi dans les jardins
et dans le château, dont ils admirè-
rent l'agrément et le bon goût. Les
deux voyageurs se rendirent au Mont-
d'Or, une des plus étonnantes curio-

sités de l'Auvergne, et même de la France (1).

Après cette course, qui les retint près de trois jours, parce qu'il fallut laisser reposer Nelgis, qui étoit très-fatigué, quoiqu'il eût une force et une santé extraordinaires pour son âge, dont il attribuoit l'espèce de renouvellement à l'air natal qu'il venoit de respirer avec tant de plaisir !..... Pendant leur repos de quarante-huit heures, les entretiens intéressans que fournissent toujours les voyages, leur firent passer le temps très-agréablement ; le marquis demanda à Nelgis pourquoi, avec un souvenir si tendre de Saint-Aubin, ayant fait, près de quarante années plutôt, un voyage en Auvergne, et se trouvant si près du lieu de sa naissance, il n'avoit pas été tenté de le revoir. J'en avois bien le désir et le

projet, répondit Nelgis ; mais tant
que les hommes de la société peuvent
avoir besoin de nous, si nous avons
un caractère doux et facile, nous sommes leurs esclaves, jusqu'à la caducité. Je reçus un courrier de Paris ;
il me remit des lettres qui me pres-
soient fortement de revenir sans délai, parce que, dans ce moment, je
pouvois être utile à quelques-uns de
mes amis. Je n'hésitai point ; je fis
le double sacrifice d'un vrai sentiment et d'une extrême curiosité ; je
volai à Paris sans me détourner et
par·le chemin le plus court. —Vos
amis furent bien reconnoissans ? —
Point du tout ; ils ne me remercièrent
même pas ; il ne tint qu'à moi de croire
que je n'avois fait que mon devoir ;
enfin la vieillesse arriva ; peu à peu,
je me trouvai quitte de plusieurs as-
sujétissemens dont on voulut bien me
dispenser ; je fus charmé surtout

d'être à jamais débarrassé des visites
et dés soirées..... — Beaucoup de
vieillards font des visites, et j'en
vois souvent à des soirées..... — Ils
sont bien extravagans de ne pas profiter du plus commode privilége de
leur âge.....—Mais si cela les amuse?
—·Tant pis pour eux s'ils s'amusent
d'une fatigue et d'un ridicule; le vieillard le plus robuste et le plus sain,
lorsqu'il s'anime et qu'il parle vivement, a toujours quelques accès de
toux catarrhale : n'est-ce pas là une
jolie interruption à un discours sur
la politique ou sur la littérature·, ou
mieux encore, au milieu d'une lecture
tout haut, faite dans une grande assemblée et qui intéresse tout le
monde? N'est-ce pas là une agréable
manière de fixer sur soi l'attention générale? Non, non; il faut se rendre
justice et la rendre enfin aux autres;
quand on est blasé sur la-frivolité, la

médisance, que l'on sait tous les lieux communs possibles sur la politique, sur les genres classiques et romantiques, que l'on ne peut que troubler l'amusement des autres sans y ajouter, il faut renoncer au grand monde, et ne plus vivre que pour sa famille et ses amis. — Vous dites sans doute la même chose des vieilles femmes? — Je vous le demande, qu'est-ce qu'une femme maigre, pâle, sans gentillesse, sans grâce, sans à propos, sans légèreté, affaissée dans un grand fauteuil, voyant à peine, n'entendant presque plus, et faisant répéter des bons mots, qui, pour la plupart, ne sont remarquables que par la vivacité de la repartie? Quel maintien aura-t-elle dans un cercle nombreux? Combien elle y sera déplacée! Tandis qu'elle seroit si bien chez elle, avec cinq ou six amis, jeunes et vieux ; elle écoute les uns, elle adoucit l'esprit et le caractère des autres, sans prendre le rôle ennuyeux de *ser- moneuse;* son doux langage, simple et sans affectation, porte toujours à l'in- dulgence; on sait tant de gré à la vieillesse de n'avoir ni aigreur ni mi- santhropie ! Elle a éprouvé tant d'in- gratitude et de noirceur; elle a vu faire tant de mauvaises actions, elle ne peut mieux se louer elle-même qu'en se montrant constamment bonne, douce, compatissante et tolé- rante. Il est vrai que la pitié, ce sen- timent céleste, est si sublime, qu'au lieu de s'affoiblir peu à peu, il s'ac- croît avec l'âge, et avec de la reli- gion, il doit finir par détruire et dé- raciner tous les mouvemens malicieux de l'amour-propre, et d'une conta- gion mondaine.—Vous venez de dire qu'une femme n'est rien sans gen- tillesse et sans grâce; cela est bien rigoureux pour les laides et pour les bossues........ — Nullement ; car, dès qu'une femme a de la douceur, elle est du moins intéressante ; et quelque disgraciée qu'elle puisse être de la nature, si elle a de l'esprit, elle a certainement de la grâce.

CHAPITRE XXI.

Course à Mâcon. — Conversations.

UNE petite affaire appelant le marquis à Mâcon [1], il proposa à Nelgis et à Bléval d'y aller d'abord avant de se rendre à Saint-Aubin, ce qui fut accepté. La ville de Mâcon est très-ancienne; elle fut ruinée, à plus d'une reprise, par les incursions des barbares, et surtout d'Attila, et par les guerres des Bourguignons et des Huguenots (2). Mâcon est particulièrement estimé pour ses vins et pour son raisinet, que les gens du pays appellent le *cotignac* [2] de Mâcon.

[1] Mâcon (Saône-et-Loire), chef-lieu de département, sur le penchant d'une colline, près de la Saône, contient onze mille habitans.

[2] Le cotignac est fait avec du coing; le meil-

On trouva dans l'auberge plusieurs journaux que les deux voyageurs lurent avec plaisir, entre autres la *Gazette* et la *Quotidienne*, dont ils faisoient un cas particulier, quoiqu'ils en critiquassent souvent quelques articles ; mais en littérature, on ne critique sérieusement que ce qu'on estime. Ils tombèrent sur un article très-spirituel qui parloit des *fausses positions* : je n'aime pas cette expression, dit Nelgis ; c'est peut-être parce qu'elle est nouvelle ; mais il me semble qu'elle n'est pas heureuse et qu'elle n'exprime rien de particulier, car on entend toujours par *fausses positions*, une situation dont les vices de la personne ont fait ou font le malheur ; par exemple : la *Gazette*, que je viens de parcourir, cite, comme

leur se trouve à Orléans. Le raisinet est fait avec du raisin.

une *fausse position*, celle d une jeune fille qui se laisse corrompre, et qui, pour suivre son séducteur, s'échappa de la maison paternelle, chargée de la malédiction de ses parens : cette fille se trouveroit alors dans une situation déplorable, affreuse, ce qui est bien pire qu'une *fausse position*. Voici encore, reprit le marquis d'A***, qui tenoit la *Gazette*, voici encore une citation du même article; écoutez, et il lut tout haut ce qui suit :

« Un jeune homme, d'une naissance » abjecte[1], reçoit une brillante édu-» cation; ce jeune homme, en en-» trant dans le monde, se trouve dans. » une fausse position; sa famille, qui » devoit être pour lui un sujet de » vénération et d'amour, en devient » un d'éloignement et de mépris; la

---

[1] Dont les parens ont fait fortune, comme on en a tant vu.

» reconnoissance qu'il doit aux au-
» teurs de ses jours est une charge
» insupportable à son orgueil; tous
» les rapports de parenté froissent
» et importunent son âme. »

Son âme, reprit Nelgis, n'est ni
froissée, ni *importunée*, s'il pense
bien; ainsi une belle âme est presque toujours le préservatif certain
de ce que les modernes appellent une
fausse position, que nous nommions
communément jadis une *situation embarrassante*. Ceci me fait ressouve-
nir, poursuivit Nelgis, d'une scène
bien frappante dont j'ai été témoin
dans ma première enfance : c'étoit
dans le château d'un de nos voisins,
M. le marquis de M***, homme d'une
des plus anciennes familles de la province, et qui s'étoit étrangement mé-
sallié, non en choisissant une rotu-
rière (ce qui a toujours été fort commun en France), mais en épousant

la fille unique d'une très-riche fermière, qui, devenue veuve, n'avoit
jamais voulu quitter son état et ses
habits de paysanne; elle avoit fait
élever sa fille dans un couvent d'Ur-
selines, et lorsque celle-ci eut dix-sept
ou dix-huit ans, comme elle avoit une
bonne éducation et une jolie figure,
sa mère, qui n'avoit de vanité que
pour elle, voulut la marier à un gen-
tilhomme; elle fit choix de M. le
marquis de M***, en lui disant qu'elle
resteroit dans sa ferme ; que sa fille,
dame de château, viendroit l'y voir
quand elle voudroit, et que pour elle,
jamais elle ne lui rendroit ses visites
que lorsqu'elle seroit sûre de n'y
point trouver d'étrangers. Le marquis reçut avec joie la main de cette
jeune personne, qui lui apporta une
dot de 130 mille francs et un beau
trousseau.

En effet, la bonne paysanne alla si

rarement au château de sa fille,
qu'elle passa une fois deux ans et
demi sans y mettre le pied, quoique
sa ferme n'en fût qu'à deux lieues.
Mais sa fille, remplissant parfaitement
tous ses devoirs de fille, d'épouse et
de mère, alloit la voir souvent; elle
en étoit reçue avec la plus vive affection, et sa fille parloit d'elle avec autant de respect et de vénération que
si elle eût été la plus grande dame de
la cour. Cette conduite, au fond très-
simple, lui faisoit néanmoins beaucoup d'honneur, et personne, parmi
nos bons Bourguignons, n'eût assez
mauvais goût pour en paroître étonné,
ou pour dire que la jeune marquise
fût dans une *situation embarrassante*.

_ Un jour, un peu avant l'heure du
dîner, plusieurs nouveaux domestiques étoient rassemblés à la grille
du château, lorsque la fermière, mère
de la marquise, arriva tout à coup

sur son âne, et toute seule. Les domestiques, qui ne la connoissoient
pas, l'apercevant, trouvèrent sa figure ridicule, et firent de grands
éclats de rire, en la montrant au
doigt, ce qui ne l'émut point du
tout; elle fouetta son âne pour le for-
cer d'avancer, et voyant la grille en-
tr'ouverte, elle alloit entrer; mais les
domestiques la repoussèrent en re-
doublant leurs rires insultans et leurs
moqueries; l'âne devint rétif, et la
pauvre femme ne savoit plus quel
parti prendre. Dans ce moment, une
fenêtre du salon au rez-de-chaussée
s'ouvre précipitámment avec bruit;
on se retourne, et les domestiques
reconnoissent, avec une surprise inexprimable, la dame du château qui
s'écrie, en leur adressant la parole :
Finissez, insolens, c'est ma mère!....
— Ainsi, elle se sortit elle-même
d'une *fausse position.* — Comme on

en sortira toujours en faisant son devoir. Aussi ne faut-il pas dire que les
fausses positions causent tous les malheurs de la société; il faudroit dire
que ce qui les cause véritablement,
ce sont les vices, la turbulence, le
sot orgueil, la coupable, la puérile
ambition, le mauvais cœur et la lâ-
cheté de certains individus. — Et de
bien mauvais, de bien faux calculs;
l'amour-propre, qui rend les enfans
ingrats et dénaturés, les conseille
bien mal; s'il entendoit mieux ses intérêts, il pourroit leur prescrire une
conduite toute opposée; par exemple,
je suis sûr que la marquise de M***
gagna, par la sienne, l'estime universelle? — Oui, assurément. Sa belle
âme la guidant toujours ainsi, elle
fit, tant qu'elle vécut, le bonheur de
sa mère et de son mari; elle fut bonne
mère, amie fidèle; elle trouva, dans
sa conscience, dans la reconnois-

sance, l'affection des siens, et dans l'admiration générale, la récompense de ses vertus et de sa conduite exemplaire.

Après cet entretien, le marquis quitta ses compagnons de voyage, pour aller vaquer à ses affaires. Il revint au bout de deux heures; on se mit à table, et, quoique dans un cabaret, on but d'excellent vin *du cru* (3).

Avant de quitter Mâcon, on trouva encore dans la *Gazette* un article dont on fut véritablement enchanté; c'étoit à l'article Angleterre. Il existe à Londres un établissement qui ne se trouve que là, et qui fait le plus grand honneur à cette nation hospitalière; c'est une association formée l'année passée pour donner des secours aux étrangers malheureux qui en ont besoin. Le marquis connoissoit cette touchante institution; mais Nelgis, qui

lisoit rarement des journaux, n'en
avoit jamais entendu parler, et il fut
charmé, en feuilletant de vieilles ga-
zettes, d'y lire les détails suivans :

« Cette bienfaisante association, qui
doit inspirer tant de reconnoissance à
tous les étrangers, a célébré, le 3 mai
dernier, l'anniversaire de son établissement par un grand dîner, auquel ont été invités tous les ambassa-
deurs et ministres particuliers des
puissances étrangères, et beaucoup
d'autres personnes de distinction.

» S. A. R. le duc de Clarence, frère
du roi et son héritier présomptif, a
présidé le dîné. Après avoir proposé
la santé du roi d'Angleterre, qu'on a
portée au milieu des plus vifs applaudissemens, S. A. R. a lu une
lettre qu'il avoit reçue la veille du
prince de Polignac, dans laquelle
S. Exc. annonce qu'il a reçu l'ordre

de son souverain de faire placer son
nom parmi les protecteurs de l'association, èt de verser dans la caisse la
somme de cent liv. st. (2,500 fr.),
comme sa souscription annuelle.
S. A. R. a pris cette occasion pour
parler du roi de France dans les termes les plus flatteurs pour les Français présens. S. A. R. a dit qu'elle
pouvoit, avec d'autant plus de raison, parler ainsi de S. M. T. C.,
qu'elle a eu l'honneur de la connoître
personnellement pendant son séjour
en Angleterre. Ce roi èst maintenant
rétabli sur le trône de ses ancêtres,
a dit le prince, et je désire et je pense
que tous les Anglais désirent, comme
moi, que les Bourbons puissent régner à jamais en France. S. A. R. a
proposé alórs que le roi de France
soit élu un des protecteurs de l'association. Tout le monde s'est levé aus-

sitôt, et la proposition a été adoptée
au milieu des acclamations de toutes
les personnes présentes.

» Lorsque la santé des ambassa-
deurs a été bue, le prince de Polignac s'est levé, et a parlé de la manière suivante en anglais.

« Messieurs, je demande la per-
» mission de vous offrir les sincères
» remercîmens de mes collègues et
» les miens, pour l'honneur que vous
» venez de nous faire. Quant à moi,
» messieurs, plus je connois les vues
» et le but de cette association vrai-
» ment chrétienne, plus je me trouve
» heureux d'en faire partie. Ah! qu'il
» seroit à désirer que les sentimens
» qui unissent les membres de cette
» association, pussent se répandre
» sur toute la communauté euro-
» péenne, de manière que les nations
» de l'Europe, rivales uniquement
» dans leurs efforts pour avancer les

» intérêts et le bonheur du genre
» humain, ne vinssent plus à déployer
» leurs bannières les unes contre les
» autres.

» Oui, messieurs, puissent les ai-
» gles des nations septentrionales et
» occidentales, puissent le lion de la
» vieille Angleterre et le drapeau sans
» tache de la noble France ne se
» rencontrer jamais que sur le ter-
» rain de l'amitié ; et puisse la devise
» suivante, qui s'accorde si bien avec
» le but de cette association, devenir
» la devise du monde entier : *Paix*
» *au monde et bonheur aux pau-*
» *vres!* »

» Le discours du prince a été inter-
rompu à plusieurs reprises par les
applaudissemens unanimes de la compagnie.... »

Voilà, s'écria Nelgis, avec transport, voilà une véritable civilisation !
— Oui, une civilisation selon l'Évan-

gile...—La seule bonne, car les arts
et l'industrie n'y seroient alors que
des accessoires, des ornemens et des
moyens, puisqu'ils fourniroient de
grandes ressources aux pauvres ; on
les protégeroit alors par goût et par
devoir, et la guerre ne seroit plus
regardée que comme un horrible
fléau ! Le génie des enfers, l'art de
faire du mal, de répandre le sang, de
dévaster la terre, et d'être en grand,
avec impunité, spoliateur, voleur,
assassin, meurtrier ; cet art exécrable
qui a fait couler tant de larmes, qui
a coûté la vie à tant de milliers d'innocentes créatures, loin de produire
la gloire, ne seroit plus employé
qu'en gémissant, et seulement contre
un petit nombre de brigands insen-
sés. — Mais, parmi ce petit nombre
d'individus, ne pensez-vous pas qu'il
pourroit s'en trouver quelques-uns
d'assez extravagans pour regretter

cette guerre impie et sanguinaire,
malgré ses cruautés, ses mutilations,
malgré la réprobation de l'Évangile
et les spectacles affreux et dégoûtans
qu'elle offre toujours ? — Oui, sans
doute; mais l'étonnement et le mépris
général leur ôteroient bientôt ces
étranges regrets. Ah! puisse le vœu
du prince de Polignac se réaliser!.....
Ce seroit alors que la religion chrétienne deviendroit universelle!....
Nos actions, d'accord avec ses préceptes, l'élèveroient mille fois au-dessus des autres; il suffiroit de dire des
chrétiens : ils ont horreur des dissensions, de la haine, des révoltes, de
la guerre, de tout ce qui trouble la
paix; quel est le souverain qui ne
voudroit pas, avec un peu de réflexion, que tous ses sujets adoptas-
sent une semblable croyance? Quel
est l'homme sensible qui ne désire-
roit pas entrer dans cette commu-

nauté bienfaisante, évidemment formée par des lois divines? Peut-on se
figurer ce que, dans cette supposi-
tion, deviendroit l'univers, en extir-
pant, non pas tous les défauts et tous
les vices du cœur humain (car la religion elle-même nous dit que le plus
juste pêche souvent par jour), mais
en retranchant seulement les vices
les plus contraires au bien-public,
l'insatiable esprit des conquêtes, la
barbarie envers nos semblables, et
l'odieuse vanité qui fait aimer la
guerre, et qui s'enorgueillit des désastres qu'elle entraîne ¹ ? Mais revenons à l'Angleterre. Combien l'action

---

¹ Le plus belliqueux de nos rois (Henri IV),
disait : *C'est une chose contre la religion et l'humanité, d'aimer la guerre pour la guerre.* J'ai
déjà cité ce mot, qui est d'une si grande autorité
dans la bouche d'un si grand guerrier, et l'on
ne pourroit trop le répéter aux jeunes princes
faits pour régner.

.de notre roi en souscrivant à cette
bienfaisante association formée à Londres en faveur des malheureux étrangers, combien cette touchante action
est en harmonie avec le caractère
noble, loyal, plein de franchise et
d'équité qu'il a toujours montré dans
toutes les circonstances de sa vie! —
En effet, il fut lui-même errant et
privé de sa patrie; il reçut en Angleterre un honorable asile. — Il y a de
tout dans cette action, de la religion,
de l'humanité, de la reconnoissance,
le plus noble souvenir et le mieux
exprimé; enfin, il y a même une sorte
de désintéressement et de grandeur
d'âme qui a quelque chose de sublime; car, dans ces temps de troubles et de divisions, il est bien
vraisemblable que, par la suite, la
souscription annuelle du roi pourra
contribuer au soulagement de quelques-uns de ses ennemis, ce qui cer-

tainement, pour un cœur tel que le sien, seroit une jouissance de plus.

Oh! qu'ils ont peu connu les plus douces et en même temps les plus fortes émotions de l'âme, ceux qui, entre Dieu et leur conscience, n'ont jamais goûté la joie ineffable de rendre le bien pour le mal !..... A quel point nous devons admirer la religion, puisque l'observance de ses préceptes les plus sévères, produit toujours notre satisfaction intérieure avec la gloire, même suivant le monde, et la seule qui soit récompensée dans l'autre ! Quelle preuve irrécusable de sa divinité !.....

CHAPITRE XXII.

Retour à Saint-Aubin. — Maladie de Nelgis.

On retourna à Saint-Aubin, et
Nelgis, fatigué de tant de courses,
eut un accès de fièvre le lendemain ;
on s'en inquiéta, car à son âge, le
moindre dérangement est un avertis-
sement de mort : on mit à sa prière
un lit de sangle dans la tour gothique ; c'est là, dit-il, que je voudrois
mourir ; il s'y fit porter et s'y coucha ;
et là, repassant dans son cœur toutes
les années de sa longue vie, il fut
plus convaincu que jamais que tout
sur la terre n'est qu'illusion, épreuve
ou folie..... Rien n'est solide et vrai
qu'adorer son Créateur et le servir,
et ce seroit en même temps servir

toutes les créatures , et faire servir à
leur bonheur, à leur aisance, toutes
les sciences , les nouvelles découvertes , les arts et l'industrie humaine.

Cependant on vit accourir de
Bourbon-Lancy le médecin des eaux ,
M. Verchères , qui vint prodiguer les
secours de son art au malade, qui intéressoit tout le monde ; pendant ce
temps , la vieille église du village ne
désemplissoit pas ; les paysans s'y
rendoient en foule pour y invoquer
Dieu en faveur de Nelgis , ce qu'ils
avoient fait jadis dans son enfance ,
lorsqu'il eut une affreuse petite vérole
confluente, dont grâce à l'extrême habileté du docteur Pinot , il ne conserva pas une seule marque [1].

---

[1] Ce grand médecin avoit trouvé un moyen
très-sûr, fort simple et qui n'est pas assez connu,
de préserver des ravages épouvantables de cette
maladie : c'étoit de piquer avec une aiguille,
lorsqu'ils étoient mûrs, tous les boutons du vi-

Bléval, pour désennuyer Nelgis,
lui proposa de demander le manuscrit
de la bibliothèque, afin d'y chercher
une petite nouvelle agréable et courte,
dont il put lui faire la lecture. Nelgis
accepta avec grand plaisir cette proposition ; le marquis prêta de nouveau le manuscrit ; il voulut même,
ainsi que la marquise, assister à la
lecture qui eut lieu le soir même.
L'un et l'autre se rendirent chez Nelgis, qui reçut avec autant de joie
que de reconnoissance la visite de la
marquise, qu'il trouvoit, avec raison,
aussi aimable qu'elle est spirituelle et
touchante par son extrême bonté. On
feuilleta le manuscrit, et la mar-

sage, afin d'en faire sortir et d'en étancher toute
la matière qu'ils contenoient ; parce que c'est le
séjour de cette matière dans les boutons qui
creuse et qui marque Ce détail n'a point *d'élé-*
gance ; mais il peut être utile, et l'auteur n'a pu
se le refuser.

quise conseilla la nouvelle intitulée :
l'Auteur octogénaire. Comment! dit
Nelgis en souriant, de la *personnalité;*
car il semble que cette nouvelle soit
faite pour moi. Je l'ai lue, reprit la
marquise, et je ne la propose que
parce que j'en ai porté le même jugement, et c'est ce qui la rend digne
d'être préférée. Alors, repartit Nelgis, je suis sûr d'avance que l'indulgence de madame la marquise lui a
fait trouver des rapports obligeans
pour moi, qui n'existent pas. Ces
rapports, dit la marquise, nous
frapperont également tous les trois,
et nous vous pardonnerons de ne pas
les admettre. A ces mots, elle donna
le manuscrit à Bléval, qui le déploya
aussitôt, et qui, pressé de commencer, fit à haute voix la lecture suivante :

L'AUTEUR OCTOGÉNAIRE.

NOUVELLE.

ARISTE avoit travaillé toute sa vie, et dès sa première jeunesse il avoit eu un goût passionné pour la lecture, pour l'étude et pour les arts ; doué d'une belle mémoire, d'une bonne santé et d'heureuses dispositions pour tous les arts, il sut profiter de ces bienfaits de la nature. Il pensoit qu'il y a de l'ingratitude envers le Bienfaiteur suprême, à négliger des dons qui tous viennent de lui. La musique et la peinture ne sont point des arts frivoles, puisqu'on peut les consacrer à de nobles usages : ainsi que la majestueuse architecture, ils furent employés avec une distinction particulière, au temple somptueux que Salomon fit élever à la gloire du

Très-Haut [1] Enfin David chanta sur la harpe les louanges du Seigneur ; il ne dédaigna même pas la danse, car il dansa devant l'arche sainte [2]. Non-

[1] La musique est dans la nature : notre célèbre Rameau découvrit qu'un coup donné sur tout corps sonore produit, par une seule émission de son, l'accord de trois notes ; que de tout temps, par une sorte d'instinct prophétique, on avoit toujours nommé *l'accord parfait*, ce que Rameau appeloit ingénieusement *la trinité musicale*. Ainsi, la musique n'est point une invention de l'homme, non plus que la peinture et la gravure, dont l'ombre a donné l'idée. L'auteur de cet ouvrage a eu raison de dire ailleurs que l'homme n'est jamais créateur, et que lorsqu'il paroît l'être, il a seulement découvert une loi inconnue et nouvelle, prise dans la nature.

[2] Quand la danse ne seroit bonne qu'à donner plus d'agilité et cette *bonne grâce* dont nous venons de parler, elle auroit encore une estimable utilité. Il y avoit jadis, dans un temps qui n'est pas fort loin de nous, en Portugal, des danses sacrées dans les processions, surtout quand les vaisseaux arrivoient dans le port : des prêtres alloient les chercher avec des musiciens et des danseurs ; ces derniers dansoient des danses graves composées pour ces solennités.

seulement Ariste n'eut pas la sottise
de mépriser un seul des beaux-arts,
mais il ne perdit jamais l'occasion
d'apprendre et de cultiver un art
industriel ; nulle révolution ne pouvoit le réduire au désespoir ou à la
mendicité ; il pouvoit dire beaucoup
mieux que Bias : *Je porte tous mes
biens avec moi*, car il portoit aussi
les biens moraux, si préférables à
tous les autres, le courage chrétien,
la patience, la parfaite résignation.
Il avoit dans les mains une extrême
adresse, parce qu'il l'avoit toujours
exercée ; un jour qu'on s'étonnoit de
lui voir faire un petit panier d'osier,
il répondit : Tous les hommes sont
frères, quelle que soit la distance des
rangs qui les sépare ; le prince et le
savetier sont frères, puisqu'ils sont
hommes : il en est de même des arts,
de ceux qu'on désigne sous le nom de
beaux, et de ceux qu'on appelle *in-*

dustriels. Michel-Ange et un vannier étoient frères, et rien n'est plus vrai.

Ariste cultiva de très-bonne heure la littérature, et lorsqu'on paroissoit surpris du nombre de volumes qu'il donnoit chaque année, il disoit simplement : Tout auteur, sans se répéter, pourroit en faire autant avec un peu de talent et d'imagination, si comme moi il lisoit et il écrivoit tous les jours ; car il faut beaucoup lire quand on écrit, afin de savoir, du moins à peu près, ce qu'on a dit de plus remarquable ; ce n'est qu'ainsi que l'on peut éviter l'odieuse réputation de plagiaire, qu'on a bien souvent injustement, et seulement par ignorance, parce qu'on n'a fait que se rencontrer avec un auteur qu'on ne connoissoit pas. Et quand dès sa plus tendre jeunesse on a pris l'habitude de lire constamment tous les jours, on lit avec une vitesse qui produit,

au bout d'un an, un nombre inconcevable de volumes : ainsi s'écoulèrent
les beaux jours d'Ariste ; ils furent
beaux en effet, car la religion et l'é-
tude les rendent délicieux.

Ariste fut auteur, et les premiers
essais de sa jeunesse eurent un succès
complet : son premier ouvrage fut
universellement applaudi ; il n'avoit
point encore d'envieux, et par conséquent point d'ennemis ; il trouva ce
début charmant, et l'état d'homme de
lettres lui parut le plus agréable que
l'on pût choisir. Il donna promptement un second ouvrage, qui fut accueilli de même par le public, mais
que plusieurs journaux déchirèrent
impitoyablement, et qu'aucun n'osa
louer. Ariste avoit un caractère si
calme et si doux, que ce qui auroit
profondément irrité tout autre, ne
fut pour lui qu'une consolation : ces
critiques, dont chaque ligne décé-

loient toute l'animosité de la haine,
ne tomboient qu'en général sur l'ouvrage, mais sans aucun détail et même
sans citation ; on se contentoit de
faire quelques mensonges grossiers
sur le plan et sur les caractères, mais
on se permettoit d'insultantes per-
sonnalités sur l'auteur........ Qu'ai-je
donc fait à ces gens-là ? disoit Ariste ;
je ne les connois pas ; je n'ai pu les
offenser ; cela est inconcevable......
Mais du moins mon ouvrage n'est pas
mauvais, puisqu'ils n'en citent rien
de condamnable ou de ridicule.

Cet ouvrage d'Ariste déplaisoit mortellement à de certaines gens, parce
que l'auteur y combattoit avec force
des maximes corruptrices. Ariste
poursuivit sa carrière littéraire avec
un courage qui ne se démentit jamais ;
il en eut besoin, car il découvrit
promptement la cause honorable de
la haine qu'on lui portoit, ce qui ne

l'empêcha pas de continuer avec la
même constance. La révolution vint :
Ariste n'en sentit pas d'abord toutes
les conséquences ; il applaudit de
bonne foi à l'abolition des lettres de
cachet, et il conserva jusqu'à la mort
cette opinion, fondée sur les sentimens les plus naturels et sur l'amour
de la justice [1]. On sait à quels excès
révoltans se sont portés de certains
ministres à cet égard, et combien ils
en ont cruellement abusé !.... Lorsque l'impiété commença à se manifes-
ter, Ariste soutint toujours avec fer-

[1] Il est sans doute des circonstances où, pour
la sûreté de l'État, le souverain est obligé de
faire arrêter sur-le-champ un individu, sans aucune forme judiciaire ; mais au moins faut-il que
l'homme incarcéré sache la faute ou le crime
qu'on lui impute, afin qu'il puisse se défendre et
se justifier, s'il est possible; ce qui n'étoit point
alors. On sait que M. le régent, lorsqu'il prit les
rênes du gouvernement, voulut connoître l'état
des prisonniers de la Bastille, et qu'il y en eut

meté la cause sacrée de la religion;
il écrivit avec force en faveur des cou-
vens et de tout le clergé; il s'éleva
contre le divorce, et ensuite il émigra; il passa plusieurs années dans
les pays étrangers; enfin il revint en
France; il ne se mêla jamais de politique, mais il défendit toujours la religion sous toutes les formes et avec
une infatigable persévérance; il parvint ainsi à la vieillesse, et il devint
plus qu'octogénaire, toujours en écrivant. Il étoit encouragé par de grands
exemples : il se rappeloit qu'il avoit

plusieurs dont on ne trouva que les noms sur les
registres; l'un d'eux, entre autres, étoit enfermé
depuis trente ans sans savoir pourquoi, et personne employé dans les bureaux ne put le dire.
M. le régent offrit à ce prisonnier la liberté, qu'il
refusa en disant qu'il profiteroit seulement de
cette permission pour faire de temps en temps
quelques promenades; mais que d'ailleurs la
Bastille étoit devenue sa patrie, qu'il vouloit y
rester et y finir ses jours.

lu qu'Homère, aussi vieux que lui, et
de plus aveugle, avoit fait *l'Iliade et
l'Odyssée;* que Sophocle avoit fait à
ce même âge *OEdipe,* sa plus belle
pièce; Théophraste, ses *Caractères,*
son meilleur ouvrage; l'auteur avoit
quatre-vingt-dix-neuf ans, et non–seulement tous les octogénaires célèbres,
Newton, Leibnitz, Mairan, Saint-
Aulaire, Maucroix, revenoient à l'esprit d'Ariste, mais il se rappeloit
aussi tous les centenaires illustrés
par leurs talens, Fontenelle, le savant Morin, et tant d'autres. Il pensoit que lorsque l'âge n'ôte aucune
des facultés intellectuelles, il les
augmente, parce qu'on a vu, on a
observé tant de choses, surtout après
une grande révolution !..... Une si
longue expérience ajoute nécessairement à l'instruction et à l'esprit; elle
produit sur l'intelligence l'effet de
l'exercice sur le corps, qui le fortifie

quand cet exercice est constant et régulier.

Ariste avoit de jeunes amis qu'il appeloit ses disciples; il distinguoit surtout l'aimable et brillant Lucien, âgé de dix-neuf ans, plein d'ardeur et de zèle pour la religion, mais sans aucun fanatisme, tolérant comme l'Évangile, et se disposant à pouvoir dire un jour avec l'apôtre:

Je me fais à tous pour les gagner tous.
St.-Paul.

Lucien, qui rencontroit souvent Philéas, étoit lié avec son fils, qu'il voyoit souvent à plusieurs séances d'un cours d'histoire naturelle. Ce jeune homme, de l'âge de Lucien, s'appeloit Stanislas; il devint éperduement amoureux d'une jeune et charmante veuve, qui d'ailleurs étoit un fort bon parti; il lui plut extrêmement, mais elle ne vouloit pas l'épou-

ser, parce qu'elle le trouvoit beau--
coup trop jeune; ils étoient absolument l'un et l'autre du même âge.
Sylvanire (c'étoit le nom de la jeune
veuve) fut si frappée de ce manque
de convenance, que, malgré son penchant secret, elle rompit entièrement
avec Stanislas, et lui fit fermer sa
porte. Stanislas, au désespoir, partit
aussitôt pour la Hollande. Tandis que
Stanislas alloit chercher des distractions mélancoliques dans les brouil-
lards de la Hollande, Sylvanire, de
son côté, essaya de se distraire par la
frivolité de la coquetterie; elle apprit qu'un grand seigneur vouloit
donner un bal masqué, et elle se pro-
mit bien d'y aller.

Lucien avoit reçu avec intérêt
toutes les confidences de Stanislas
sur cette malheureuse intrigue, et
lorsqu'il apprit que Sylvanire alloit
au bal du prince de ***, il conçut,

pour servir son ami , une idée singulière dont il ne différa point l'exécu-
tion : il alla bien déguisé au bal où il
étoit sûr de la trouver ; elle ne le
connoissoit point , mais Stanislas la
lui avoit fait remarquer plusieurs fois
aux promenades et à des concerts
publics. Il n'eut pas de peine à la
trouver ; elle n'étoit point masquée ;
elle portoit son masque à son bras ;
elle étoit conduite par un homme en
domino noir, qui paroissoit l'ennuyer
beaucoup. Lucien jugea le moment
favorable ; il s'approcha d'elle, et lui
dit tout bas qu'il avoit quelque chose
d'important à lui communiquer ; aussitôt elle congédia le domino noir. Lucien s'empara de son bras, et il la
conduisit rapidement à une banquette
dans un coin écarté de la salle, à
l'abri de la foule ; ils s'assirent l'un et
l'autre et gardèrent un moment le silence. Lucien avoit excité déjà la

curiosité de Sylvanire; c'étoit un commencement de succès; son projet étoit
de se faire passer pour Stanislas; il
étoit de la même taille, et comme il
parloit tout bas, le son de sa voix ne
pouvoit le trahir. En prenant la parole, il déclara bien bas qu'il étoit
Stanislas, car au bal on ment sans
scrupule, on trompe sans remords.
Sylvanire tressaille et paroît douter;
elle savoit que Stanislas étoit parti
pour la Hollande; Lucien avoit reçu
les adieux de Stanislas, qui l'avoit as-
suré, dans cette dernière entrevue,
qu'il étoit entièrement guéri de son
amour, et pour le lui prouver, il lui
fit présent d'une bague faite de cheveux dérobés à Sylvanire, et sur
laquelle étoit son chiffre en petits
brillans. Lucien ne vit avec raison,
dans cette action, que la marque d'un
violent dépit; mais il accepta le sacrifice. Et tirant de son doigt cette

bague, il la montra à Sylvanire, qui
la connoissoit parfaitement; elle se
troubla et poussa un profond soupir;
alors Lucien lui conta, toujours à
l'oreille, qu'il avoit fait semblant de
partir, afin de se séparer entièrement
du monde et de se consacrer à une
retraite absolue; mais qu'il n'avoit pu
résister au désir de lui parler encore
une fois. Ce langage ne fit que trop
d'impression sur le cœur de Syvanire;
elle ne répondit que par monosyl-
labes et avec une émotion visible.
Plusieurs masques vinrent interrom-
pre cet entretien; Lucien se levant,
quitta Sylvanire et le bal, très-satisfait
de cette première tentative. Le lendemain, il mit Ariste dans la confidence
de ce stratagème; car il ne lui cachoit
rien. Je vous connois trop de loyauté,
lui dit Ariste, pour vous soupçonner
d'avoir en tout ceci quelqu'arrière-
pensée; certainement vous ne vou-

driez pour rien au monde supplanter
ce pauvre Stanislas. Ah! monsieur,
repartit Lucien; je ne me suis permis
de tels artifices que pour servir l'amitié, et je ne puis vous en donner une
meilleure preuve qu'en vous sup-
pliant de me seconder. — Que puis-je
faire? — J'ai composé le plan d'un
petit roman en lettres, que je veux
envoyer à Sylvanire, et pour que mes
idées soient bien exprimées, je vous
demande en grâce, mon respectable
ami, de les écrire à mesure. — Vous
me proposez d'écrire un roman? — Il
n'y aura point de fadeur; il sera si
court, le sujet est si neuf; c'est un
amant qu'on ne veut pas épouser,
parce qu'on le trouve trop jeune; il
plaide lui-même sa cause, en écrivant
tous les deux jours une petite lettre.
— J'entends; vous enverrez ces lettres de la part de Stanislas; mais il
faudroit qu'elles fussent de son écri-

ture : comment ferez-vous pour vous
en passer? — Très-naturellement; je
suppose, ce que je ne crois pas du
tout, que la seule antipathie a fait
renvoyer ce malheureux amant, et je
dirai dans un petit préambule, que
j'imagine bien que la seule vue de
mon écriture lui seroit odieuse, et
que pour éviter à la lecture de mon
ouvrage cette défaveur machinale, je
l'ai fait copier par une main étrangère; elle ne pourra me répondre,
puisqu'elle ignorera l'adresse, ce qui
me donnera le temps d'écrire à Stanislas, pour le faire revenir en secret; et dans ma dernière lettre, je
donnerai l'adresse de Stanislas, en
sollicitant un mot de réponse, pour
savoir seulement si on a lu le roman
avec quelqu'intérêt. — Mon jeune
ami, j'y consens, et je désire un succès parfait à cette jolie tromperie; il
seroit drôle que j'eusse contribué,

très-volontairement, au mariage, au
bonheur et à la fortune du fils unique
et chéri d'un de mes ennemis. — C'est
une action bien digne de vous, comme
il l'étoit de ne pas trouver mauvais
que je fusse lié avec Stanislas. — Il
est affreux de vouloir perpétuer les
inimitiés dans les familles; mais venez
dans mon cabinet, vous me lirez
votre plan, et nous commencerons
la première lettre.

En effet, cette lettre fut écrite et
envoyée le jour même, ce qui fut régulièrement continué. Lucien s'empressa d'écrire à Stanislas, qui accourut sur-le-champ. Lucien lui avoit
préparé un petit logement solitaire
où il le cacha. Stanislas, qui croyoit
véritablement que Sylvanire le haïs-
soit, n'attendit là qu'un triste dénouement. Enfin, la dernière missive fut
envoyée avec le billet convenu, écrit
par Stanislas; une heure après, il

reçut la réponse suivante, de la main de Sylvanire : *Venez me voir aujourd'hui; le plus tôt possible; je vous répondrai de vive voix.*

Il étoit évident que cette réponse de *vive voix* seroit favorable, et que le petit roman avoit produit tout l'effet qu'on pouvoit désirer. Stanislas fut au comble de ses vœux; il embrassa avec transport son ami, et se hâta de le quitter pour se rendre chez Sylvanire. Il entra chez elle bien décidé à soutenir la feinte de Lucien. Il la trouva seule, et aussitôt qu'elle l'aperçut : Je ne puis résister, lui dit-elle, à des raisonnemens exprimés avec tant de charme et même d'éloquence; je ne vous croyois pas autant d'esprit et de talens; venez, mon cher Stanislas, venez, la main de Sylvanire est à vous!..... Ces paroles frappèrent douloureusement le cœur généreux de Stanislas; il pâlit et s'a-

vança lentement d'un air consterné,
qui surprit étrangement Sylvanire;
et elle lui dit tout ce qu'un attachement sincère peut inspirer de plus
tendre, et comme il s'obstinoit à ne
pas répondre, elle ne put retenir ses
larmes, et mettant ses deux mains
sur son visage : Grand Dieu! s'écria-
t-elle, ces lettres charmantes n'é-
toient-elles qu'une vengeance de mes
premiers refus?.... A ces mots, Stanislas, baigné de pleurs, tombe à ses
genoux : Non, dit-il, ces lettres expri-
moient tout ce que je sentois;....
mais, pour l'intérêt même du bonheur de ma vie, je ne puis vous
tromper; ces lettres, dont le style
vous a séduite, ne sont pas de moi;
je n'en réclame que les sentimens;
tont le reste, le charme, l'esprit, le
talent, ne m'appartient pas !

Cet aveu n'excita d'abord en Sylvanire qu'une espèce de stupeur qui la

rendit immobile : tandis qu'elle le
regardoit attentivement en silence,
Stanislas lui fit avec une extrême candeur un simple et rapide récit de la
pure vérité; ensuite se relevant :
Adieu, madame, lui dit-il; je ne devois vos bontés qu'à une erreur; je
les perds en vous éclairant; mais en
vous revoyant, j'ai senti que je ne
pourrois jouir d'une félicité qui ne seroit due qu'à l'imposture..... Arrêtez! arrêtez! s'écria Sylvanire; vous
me prouvez, cher Stanislas, que
vous possédez une délicatesse et des
vertus mille fois préférables à des talens qui peuvent s'acquérir à nos
âges, et l'on n'acquiert point une
âme délicate, noble, généreuse et
sensible; ainsi, je suis toujours à
vous, et vous ne me quitterez point
que nous n'ayons fixé le jour de notre
mariage. Rien ne peut exprimer la
joie passionnée que causa cette assu-

rance à Stanislas : on jouit doublement de son bonheur quand on le
doit à une bonne action, et surtout
lorsqu'on n'attendoit de cette action
qu'un effet tout contraire, et qu'on
avoit ainsi le mérite d'un grand sacrifice. Les cœurs sensibles devineront
facilement combien fut touchant le
reste de cet entretien ; je n'écris que
pour eux ; ainsi je passerai ce détail
sous silence. Sylvanire et Stanislas se
séparèrent également heureux l'un
par l'autre ; et Stanislas courut aussitôt chez son ami, pour lui faire part
de son bonheur, en ajoutant qu'il le
lui devoit toujours, puisque sans ces
ingénieuses lettres, il n'auroit pas eu
l'occasion de faire un sacrifice d'a-
mour-propre et de sentiment qui
avoit si vivement touché Sylvanire.
Eh bien ! repartit Lucien, je vais faire
aussi un sacrifice d'amour-propre, en
vous avouant que *ces ingénieuses*

lettres ne sont pas de moi. — Comment ! et de qui donc sont-elles ? —
D'un homme dont vous avez entendu
dire beaucoup de mal, d'un auteur
octogénaire, dont je vous ai parlé
quelquefois, sans vous cacher l'attachement et la vénération qu'il m'inspire..... — Un auteur octogénaire !
quoi d'Ariste?—Justement ; il savoit
qu'il travailloit pour assurer le bonheur du fils unique d'un de ses ennemis, et il croit que ce secret restera
toujours entre nous deux ; mais dès
le premier moment, je m'étois bien
promis de vous dévoiler un mystère
qui lui fait tant d'honneur. Ah! s'écria
Stanislas, il faut qu'il vienne à ma
noce et que mon père obtienne son
amitié !.....

Ce souhait fut exaucé ; Stanislas
charma son père par le récit de toute
cette aventure. Ariste reçut le même
soir une lettre charmante de Philéas ;

il y répondit avec effusion de cœur,
que cette lettre valoit infiniment
mieux que toutes celles qu'il avoit
écrites sur le plan du petit roman
tracé par Lucien.

L'heureux Stanislas épousa Sylvanire. Ariste fut invité à la noce; il ne
manqua pas d'y aller; à l'exception
de cinq ou six personnes, il n'y trouva
que des ennemis; mais sa bonhomie
gagna les uns, ferma la bouche aux
autres; la sincère affection de Lucien, de Philéas et de son fils, le
bonheur et la reconnoissance des
deux époux, le touchèrent sensible-
ment, et cette journée fut une des
plus agréables de sa vie.

Ariste ne fut pas si heureux avec
ses libraires : il en avoit vu mourir un
jeune encore, et qu'il avoit toujours
regardé comme un véritable ami, et
c'est ce qu'un auteur devenu octogénaire ne remplace que bien difficile-

ment, car en général les libraires ne
font aucun cas de cet âge, et cela se
conçoit; car comment compter sur un
auteur octogénaire ? Les uns ne veulent se charger que d'ouvrages entièrement finis, dans la crainte que
l'auteur n'ait pas le temps de les
terminer; les autres, sachant que les
ouvrages posthumes d'un auteur célèbre sont toujours recherchés avec
avidité, font des spéculations sur sa
mort, et tous lui causent un nombre
infini de contrariétés : cependant
Ariste eut le rare bonheur de trou-
vér enfin un librairie qui lui convint,
et il oublia sans peine et sans ran-
cune tous les autres. Il eut le chagrin
plus sensible de voir ses amis, tous
plus jeunes que lui de quinze, vingt,
trente, quarante ans, se refroidir
pour lui, à mesure que s'approchoit
le moment fatal d'une éternelle sé-
paration,

En conservant toute sa mémoire
pour toutes les choses intéressantes,
comme il en manquoit plus que jamais
pour les minuties, on croyoit presque
qu'il radotoit : on ne le consultoit
plus avec la même confiance ; et ses
continuels oublis de puérilités le faisoient regarder, par les gens d'affaires, comme un homme tombé en
enfance. D'un autre côté, les gens du
monde lui savoient mauvais gré de ne
pas admirer, comme eux, toutes les
modes nouvelles et *les étonnans pro-*
grès de la civilisation : on répétoit
qu'il étoit bien *gothique.*

En conséquence, ses domestiques
devenoient impertinens, surtout les
femmes vulgairement appelées *les*
bonnes, et qui, dans ce genre, sur-
passent communément les hommes ;
enfin, il trouvoit que c'est un triste
métier que celui d'auteur, quand on
est octogénaire ; il n'étoit satisfait que

de ses disciples ; il remercioit tous les
jours le ciel de lui avoir donné un
dédommagement qui le consoloit de
tout, et d'autant mieux qu'il n'écrivoit
point par amour-propre et pour briller, mais qu'il pensoit que l'on doit
prolonger sa carrière littéraire, tant
que l'on croit avoir des idées utiles
aux mœurs, et il écrivit jusqu'au tombeau.

Sa mort ne fut pas seulement douce
et paisible ; elle fut délicieuse. Il se
rappeloit avec un charme impossible
à décrire la pureté de ses intentions,
son impartialité dans sa critique et
ses actions généreuses avec ses ennemis : ce qui n'avoit jamais été pour lui
jusqu'alors qu'une simple satisfaction
intérieure, devenoit, dans ces momens solennels, le sujet naturel de la
joie la plus vive et des plus hautes espérances ; et, dédaignant tous les
lauriers périssables, toutes les louan-

ges trompeuses, toutes les illusions
passagères de la vie, son cœur et
ses désirs s'élançoient avec transport
vers cette palme triomphante, immortelle, que la clémence divine
destine au bon usage de ses propres
dons ou à la fragilité repentante.....
Combien Ariste bénissoit sincèrement
l'envie, la haine, les persécutions,
l'injustice, la calomnie, qu'il avoit sup-
portées avec tant de courage et de
persévérance, et qui lui procuroient
de telles jouissances! Combien il étoit
heureux de ne trouver au fond de son
âme, ni désir de vengeance, ni le
plus léger ressentiment! Avec quelle
douce, quelle heureuse confiance, il
adressoit à Dieu ces paroles sublimes :
*Pardonnez-nous nos offenses, comme
nous pardonnons à ceux qui nous ont
offensés,* et il expira en les prononçant!.....

CHAPITRE XXIII.

Suite de la maladie de Nelgis.

LE docteur Verchères passa plus de huit jours à Saint-Aubin, pendant lesquels il ne fit que de très-petites courses à Bourbon-Lancy. Nelgis fut un jour si mal, que l'on désespéra de sa vie; cependant il conserva toujours toute sa tête; il traça quelques lignes de testament, par lesquelles il demandoit à être enterré sans aucune espèce de pompe [1], et dans le

---

[1] *Pompe funèbre !* Une *pompe* est toujours une réjouissance. Quel contre-sens dans ces deux mots ! surtout dans la bouche des parens et amis du défunt ! L'Église, quand nous naissons, ordonne à nos parrains et marraines de renoncer, pour nous, aux pompes de la terre, qu'elle appelle *pompes de Satan;* ces pompes, en quittant

cimetière du village, au milieu des
bons paysans qui lui avoient donné
tant de preuves d'affection, et qu'il
avoit tant aimés !...

..... Le lendemain, le docteur
Verchères annonça, avec une grande
satisfaction, que le malade étoit hors
de danger. Je n'aurai donc eu, dit
Nelgis, que l'*avant-goût* de la mort !...
Cette expression d'*avant-goût* fit sou-

---

la vie, doivent paraître encore bien plus méprisables. La seule pompe qui puisse s'accorder avec la mort est, non dans la clarté lugubre des cierges, ni dans l'envahissement des tentures, mais dans le grand nombre des pauvres et des aumônes. La pompe des épitaphes est très-souvent plus scandaleuse, quand, par exemple, elle contient d'orgueilleux mensonges. Aussi est-ce avec raison que le poète Feutry, dans ses *Tombeaux*, supposant un voyageur entrant dans une église, et lisant l'épitaphe remplie de pompeux éloges d'un grand seigneur très-vicieux qu'il a connu, s'écrie avec indignation :

. . . . Taisez-vous, imposteurs !
Eh quoi ! des os en poudre ont encor des flatteurs !.....

rire Bléval. Et nous, reprit-il, nous n'en aurons eu que la frayeur. Comment, repartit Nelgis, avec de la foi, la mort à tout âge, mais surtout au mien, peut-elle paroître effrayante, puisqu'elle satisfait également le cœur, l'esprit, l'imagination et cette insatiable curiosité qui nous a poursuivis pendant tout notre exil? Nous éprouverons le seul sentiment qui puisse nous satisfaire, et toutes les énigmes de la nature nous seront dévoilées; nous saurons tout, nous connaîtrons tout, et nous verrons que la raison même, cette précieuse raison qui nous distingue des animaux, devoit, pendant la vie, nous donner la profonde humilité prescrite par l'Evangile, puisqu'elle ne peut nous expliquer cette foule de mystères qui nous environnent à chaque pas, et nous sortir d'une ignorance invincible. Les animaux, guidés par le seul

instinct, ne peuvent gémir de celle à
laquelle ils sont condamnés, quoiqu'elle soit infiniment plus grande
que la nôtre : ils ne la connoissent
point, ne la sentent jamais; ils ne
sauroient éprouver le désir de la
vaincre et le besoin de s'instruire. Il
semble que, dans tout ce qui n'a
point de rapport avec les préceptes
divins, l'obéissance qui leur est due,
c'est-à-dire la conduite morale de
l'homme, la raison ne lui soit donnée
que pour l'humilier ici-bas, puisqu'en
toute chose, excepté relativement à
ses devoirs, elle est insuffisante pour
lui expliquer une infinité de choses. O
quels seront les transports de notre
joie lorsque, prêts à paroître devant
Dieu, notre âme brisera les liens qui
l'attachent à la terre, pour s'élancer
aux pieds de son Créateur ! Quelle
éclatante et divine lumière viendra
l'éclairer de toutes parts ! Quelque

peu de renommée qu'elle ait eue dans
le monde, que seront auprès d'elle
les plus grands génies qu'elle y laisse !
Quel ravissement inexprimable lui
causera l'harmonie céleste, et cet
accord parfait moral, composé de
l'amour, de la reconnoissance et de
l'admiration, pour la première fois
parfaitement fondés, et au plus haut
degré d'exaltation !... — Quoi ! pas
un seul regard accordé à la terre en
faveur de l'amitié gémissante ? — L'a-
mitié ! ce jour sera son triomphe ! Qui
pourra s'effrayer d'une si courte absence en découvrant l'éternité ? et c'est
alors qu'on pourra servir ses amis en
implorant pour eux la miséricorde
suprême. Rien n'est plus vrai, dit
Bléval : votre juste croyance et les
heureux sentimens qu'elle produit
répondent à tout !...

CHAPITRE XXIV.

Départ de Saint-Aubin. — Petits voyages en
Bourgogne.

La santé de Nelgis se rétablit avec
une promptitude qu'on étoit loin d'attendre de son grand âge. Le jour qu'il
fut en état de sortir et d'aller faire un
tour de promenade, il vit entrer
dans sa tour une visite qui lui fit
grand plaisir, en lui rappelant un
temps toujours cher à son souvenir ;
c'étoit une bande de petits garçons
villageois, dont le plus âgé n'avoit pas
douze ans : ils portoient de petits ouvrages de jonc vert, de grands bonnets pointus, en outre des corbeilles
et des paniers de toutes grandeurs,
offrandes innocentes comme leurs

mœurs, et absolument semblables à
celles que leurs arrière-grands-pères
avoient jadis, à leur âge, offertes à
Nelgis durant son enfance; deux jolies
petites filles fermoient la marche, et
présentèrent au convalescent octogénaire, de la part de leurs mères,
deux excellens petits fromages de
créme chauffée. Comme Nelgis n'a-
voit jamais donné de leçons qu'aux
petits garçons, l'un d'eux (le *Talma*
du village) prit la parole, et, pour
lui prouver que ses soins avoient
fructifié, il lui *déclama* une vingtaine
de vers de mademoisélle Barbier,
dont on avoit précieusement conservé
la tradition dans sa chaumière, et
que de père en fils on y faisoit répéter
aux enfans, avec les vers historiques
du P. Buffier. Un autre petit garçon
récita du jésuite les vers sur l'Age
des Patriarches, qui finissent ainsi :

Mathusalem vécut le plus long-temps de tous.

Cette déclamation égaya Bléval et attendrit profondément Nelgis. Tandis que Bléval cherchoit à cacher le rire moqueur qu'excitoit en lui cette scène, de délicieuses larmes couloient doucement sur les joues vénérables de Nelgis.

C'est ainsi que si souvent les mêmes tableaux excitent des sensations si opposées, suivant les différens individus, et souvent aussi on s'accuse mutuellement et à tort de mauvaise foi; car un de nos travers est de vouloir et même de croire que chacun pense et sent comme nous.

Grâce à l'habileté et à l'humanité particulières du savant et bon docteur Verchères, Nelgis, qu'il avoit consolé du chagrin de mourir, privé des soins affectueux et si utiles de son ancien ami le docteur Alibert, Nelgis, enfin, recouvrant inopinément les forces et la santé, et attribuant

quelque chose de ce miracle au cho-
colat analeptique [1], recommença de
plus longues courses à pied et en
voiture, et il se trouva prêt à partir,
sans inconvénient, dans le cours du
mois de septembre. On convint d'a-
vance que l'on feroit quelques petits
détours, pour voir plusieurs choses
de la Bourgogne, qui ne se trouvoient
point sur leur route ; et que l'on ne
connoissoit pas. A la prière de Nelgis, on s'arrêta dans la jolie ville
d'Avallon (4); ce fut un respect filial
qui fit désirer à Nelgis d'y séjourner :
sa mère y étoit née.

Nos voyageurs ne purent loger tous
ensemble. Ne trouvant qu'un bon
appartement dans une auberge, Nelgis alla s'établir avec son secrétaire
chez un ancien ami, qui fut charmé

[1] Des frères Laurent, rue Traversière-Saint-
Honoré, n°. 26.

de le garder deux ou trois jours. Cet
ami, qui se nommoit Durandel, étoit
un savant très-distingué, âgé d'environ cinquante-cinq ans, qui avoit
passé une partie de sa vie à Paris, et
qui, depuis deux ans seulement, s'é-
toit retiré dans sa ville natale, pour
s'y livrer en paix aux charmes de
l'étude et de la méditation. Nelgis
lui reprochant amicalement d'avoir
quitté Paris sans retour : Oui, mon
ami, répondit Durandel; j'étois ex-
cédé de cette éternelle division de
principes, d'opinions importantes et
frivoles, de cet esprit de parti qui
s'étend à tout et qui gâte tout, même
alors qu'il est bien dirigé, car, dans
ce cas, il donne toujours une partialité révoltante. — *Toujours;* c'est
trop dire... — Eh bien! *presque* toujours. — L'homme juste est toujours
impartial : certainement, vous croyez
l'être? — Je m'en pique, du moins.

— Pensez-vous donc être unique sur
la terre ? — Pas tout-à-fait ; mais, à
cet égard, peu s'en faut. Par exemple,
que sont maintenant tous les journaux ? — Il est certain qu'il seroit
difficile de les louer sur l'impartialité
de leurs éloges et de leurs critiques.
— Il n'est plus question de juger et
d'apprécier un ouvrage ; il s'agit seulement de savoir le nom de l'auteur,
et en conséquence de louer ou de dé-
crier à outrance. Depuis quinze ans,
les libéraux et de certains journalistes
nous appellent des *éteignoirs ;* pour
moi, je suis persuadé que les véritables *éteignoirs* sont nos accusateurs.
Je ne sais pas si leurs sarcasmes
amèneront, comme jadis, le renver-
sement des autels et du trône, mais
je suis sûr qu'ils préparent la déca-
dence de la littérature. — Néanmoins,
dans les journaux mêmes qui n'ont aucun rapport avec nos idées, nos sen-

timens et nos opinions, on trouve
souvent (quand les rédacteurs ont de
l'esprit) de très-bons articles. En
voici un que j'ai retenu, parce qu'il
est de ce genre; c'est un abonné qui
écrit au rédacteur :

« Monsieur le Rédacteur,

» Un jour de la semaine dernière,
» en passant devant la pointe Saint-
» Eustache, je fus renversé, par un
» brancard de voiture, sur une sen-
» tinelle, qui me renversa sur le
» pavé. L'honnête marchand de co-
» mestibles, qui accourut pour me
» relever, m'assura que cette pointe
» étoit aussi dangereuse à doubler
» que le cap de Bonne-Espérance. Il
» me fit entrer dans sa boutique, et
» me raconta l'histoire de tous les
» piétons naufragés devant l'angle de
» sa paroisse : cette nomenclature al-
» loit à l'infini ; comme je m'en éton-

» nai, le bon marchand me dit que
» ces mauvaises aventures étoient
» inévitables dans les quartiers po-
» puleux, mais qu'il y avoit une Pro-
» vidence pour les piétons, puisque
» chaque jour la moitié de Paris n'é-
» crasoit pas l'autre. Je lui promis
» de faire, à ce sujet, une pétition à
» la Chambre, dès que la blessure de
» mon bras droit me le permettroit;
» et, après l'avoir affectueusement
» remercié, je montai dans un fiacre
» qui se précipita dans la rue Montor-
» gueil, et me rendit chez moi. Pour
» charmer les ennuis de ma conva-
» lescence, je ne vis rien de mieux à
» faire que de calculer, d'après des
» données certaines, le nombre d'in-
» dividus qui avoient été renversés,
» blessés ou frappés à mort dans les
» rues populeuses de Paris depuis
» dix ans. . . . .
» . . . .

» On m'envoya du cabinet littéraire
» voisin la collection complète du
» *Journal de Paris*, qui contenoit le
» procès-verbal quotidien de toutes
» les catastrophes contemporaines : à
» chaque page, je frémissois comme
» à une tragédie angloise; je levois
» les mains aux cieux; je disois des *à*
» *parte* classiques, des *grands dieux!*
» des *ciel!* tout le vocabulaire, enfin,
» des cris de surprise et d'interroga-
» tion. Ce qui m'étonnoit d'abord,
» c'est que les *événemens malheureux*
» se passoient presque toujours sur
» les mêmes théâtres ; c'étoit toujours
» dans cette partie de Paris où tom-
» bent les diligences, les malle-pos-
» tes, les roulages accélérés, la marée
» et les huîtres ; on auroit dit que les
» cochers de fiacres ou de cabriolets
» avoient soin de respecter, dans
» leurs tragédies, l'unité de lieu, et
» qu'ils ne se permettoient d'écraser

» les piétons que dans un cercle con-
» venu. . . . .
» . . . .
» Ne pourroit-on pas provoquer de
» notre préfet de police une ordon-
» nance qui enjoindroit à tout conduc-
» teur de ne jamais faire galoper ses
» chevaux sur le théâtre ordinaire des
» catastrophes, c'est-à-dire dans les
» rues Montmartre, Montorgueil,
» Saint-Martin, Saint-Denis, et au-
» tres quartiers populeux, qui, à
» certaines heures du jour, semblent
» le rendez-vous général de toutes les
» routes de l'univers? Ce sont de vé-
» ritables champs de bataille où les
» boulets sont représentés par des
» essieux; et le piéton, qui s'y trouve
» malheureusement engagé, aimeroit
» mieux souvent traverser l'Espagne,
» en temps de guerre, de Barcelone
» à Cadix. . . . .
» . . . . »

— Quelle mémoiré vous avez à votre âge!... — Ma mémoire est un éloge, car je ne retiens jamais que ce qui a du naturel, de la clarté, et ce qui me paroît ingénieux et spirituel... — D'ailleurs, il y a de la philanthropie dans ce morceau. Il seroit, en effet, bien à désirer que cette pétition fût portée aux Chambres.—Espérons qu'elle le sera; alors les piétons auront une grande obligation à ce journal.

CHAPITRE XXV.

Suite du voyage. — Vermanton et Grottes
d'Arcis (5), Ancy-le-Franc , Montbard.

Nos voyageurs continuèrent leur
route, et toujours en faisant plusieurs
détours, afin de ne rien passer d'intéressant et de curieux; ils allèrent
visiter la belle terre d'Ancy-le-Franc[1].
On pense bien qu'ils n'oublièrent pas
Montbard, rendu si célèbre par le
plus grand écrivain du dix-huitième
siècle (6).

Nelgis, que M. de Buffon avoit honoré de la plus tendre amitié, ne vit

---

[1] (Yonne.) Bourg situé sur l'Armançon, près
du canal de Bourgogne. On y remarque un magnifique château et une manufacture de faïence.

pas Montbard sans une vive émotion.
Il le parcourt d'un bout à l'autre avec
un sensible intérêt; il y cherchoit des
traces des études et des travaux du
Pline français. Quel dommage, dit-il,
que cet auteur, si justement célèbre,
qui possédoit avec une égale supériorité tous les genres d'écrire ¹, quel

---

¹ Comme il l'a prouvé par ses descriptions si
parfaites et si diverses du massif, lourd et monstrueux éléphant, du délicat et brillant colibri,
de l'élégante gazelle, du léger chevreuil et du
bœuf indolent et pesant, du noble coursier et de
l'ignoble ânon, du chien sensible et fidèle, du
tigre inhumain et féroce, du lion redoutable, mais
reconnoissant et généreux, de la tendre tourte-
relle et du vautour insatiable et barbare, de la
cantatrice charmante des bois, la fauvette, et du
sombre oiseau des déserts de l'Amérique, le ka-
michi, etc., etc. : c'est cette dernière description
qui peut véritablement faire juger du mérite incomparable, comme écrivain, de M. de Buffon.
On conçoit qu'avec infiniment moins de talent
qu'il n'en avoit, on puisse faire de beaux articles
du cheval, du lion, du cerf, du cygne, de l'ai-
gle, etc.; mais voici ce qu'il avoit à dire du ka-

dommage qu'il n'ait pas toujours fait
l'histoire naturelle avec des vues religieuses !... — Néanmoins, il n'étoit
pas philosophe. —Non, assurément;
il méprisoit même beaucoup leurs
croyances et leurs desseins. Loin
d'être impie, il avoit un grand respect pour la religion. — Il a déclaré
formellement, dans son ouvrage,
qu'il étoit impossible de nier le déluge universel, et en même temps de
pouvoir l'expliquer ; d'où il en con-
cluoit qu'on étoit inévitablement forcé
d'y croire. M. de Voltaire voulut combattre cet article, et pour cette fois,
les rieurs ne furent pas de son côté,
tandis que M. de Buffon, qui plaisan-

michi : Un oiseau des déserts de l'Amérique,
planant toujours sur des marais fangeux, remplis de crapauds et de grenouilles. Il est incompréhensible que, sur un tel sujet, on puisse faire
un chef-d'œuvre, et cependant cet article en
est un.

toit bien rarement, les eut tous du
sien [1]. Je pense comme vous, que si
M. de Buffon eût été religieux, son
livre y eût prodigieusement gagné. —
On n'étudiera jamais bien la nature
sans rendre un culte assidu à son
Créateur; on n'en expliquera jamais
les principaux phénomènes sans l'é-
tude des livres saints. L'histoire naturelle, écrite en chrétien avec une
semblable plume, eût été immortelle,
et elle est à refaire, du moins en
grande partie. On sera forcé de

[1] M. de Voltaire n'eut pas honte d'écrire que
les coquilles qui se trouvent sur le sommet des
plus hautes montagnes sont les restes du déjeuné
de quelques pélerins. Quels repas que ceux de
ces pélerins! puisque *leurs restes* forment des
millions de couches de coquillages dans l'intérieur de ces montagnes et toutes les autres grandes montagnes du globe. Aussi M. de Buffon ne
prit-il pas la peine de répondre sérieusement;
il ne dit qu'un seul petit mot dans lequel il eut
l'air de croire que son antagoniste étoit un petit
écolier de douze ou treize ans.

prendre presque toutes les descriptions, mais il faudra supprimer une
énorme quantité de réflexions, de
raisonnemens, d'explications, et cependant cet ouvrage sera toujours la
meilleure poétique française. On y
trouvera éternellement des modèles
de tous les genres de supériorité dans
l'art d'écrire : la prose de M. de Buffon est aussi curieuse qu'utile à étudier. Cette étude fera connoître qu'il
est impossible d'en déplacer ou d'en
supprimer un seul mot. Je puis parler
savamment de cet exercice, car, dans
ma jeunesse, je l'ai fait pendant bien
long-temps. — Quel fruit en avez-
vous tiré ? — En lisant tout haut, de
sentir parfaitement l'agrément et le
mérite d'une prose harmonieuse; et
comment parvient-on à l'obtenir
telle? en évitant les défauts, les né-
gligences qui peuvent y nuire. Pendant treize ans, surtout, que j'ai joui

de l'intimité de M. de Buffon, je l'ai
beaucoup questionné ; il répondoit
avec une extrême bonhomie. Je me
souviens, entre autres, de quelques
préceptes qui me frappèrent tellement, qu'ils se sont ineffaçablement
gravés dans ma tête. M. de Buffon dé-
testoit les *verbiages.* Si les répétitions
de mots, disoit-il, sont désagréables,
les répétitions de *choses* le sont mille
fois davantage. On veut avancer en
lisant, comme en marchant on veut
cheminer : la promenade dans un la-
byrinte est mortellement ennuyeuse,
parce que sans cesse on y revient sur
ses pas ; de même quand la lecture n'a
pas un but vers lequel on marche
incessamment, elle devient insupportable. Il faut, pour atteindre ce
but, choisir toujours la route la plus
agréable, et ne s'y arrêter ou même
ne s'y ralentir que pour y cueillir
quelques fleurs nouvelles ; mais,

pour cela, il faut avoir réfléchi à
l'avance, c'est-à-dire, avoir fait un
plan, car il en faut un pour donner
de la suite et de l'ordre aux idées,
ainsi que pour bien enchaîner les événemens d'invention. On croit trop
que l'on n'a besoin de plan que pour
narrer, et que l'imagination ne consiste qu'à peindre des passions, à
créer des caractères et des incidens;
mais des pensées neuves, justes,
brillantes, lorsqu'elles s'accordent
parfaitement avec la morale, qu'elles
n'offrent ni inconséquences, ni galimathias, et qu'elles sont exprimées
dans un langage noble, pur, harmonieux, ou assorti au sujet que l'on
traite, de semblables pensées sont
aussi d'heureux fruits de l'imagination. — Quelle étoit la manière d'é-
tudier de M. de Buffon?—Il ne mé-
ditoit qu'en plein air et en se prome-
nant; ensuite il dictoit, même long-

temps avant d'être devenu presque
aveugle; et lorsqu'il devoit faire la
description d'un animal, s'il l'avoit
vivant au Jardin des Plantes, il l'étudioit soigneusement, afin de dépein-
dre avec vérité ses inclinations, ses
habitudes, ses tics, son instinct. Il
n'aimoit pas les lectures *consultati-*
ves; il n'en faisoit presque jamais ; il
disoit que la politesse répand toujours dans ces lectures de la con-
trainte et de l'exagération. Je lui
demandois un jour de quelle manière
on doit étudier le françois. Voici, dit-
il, ma première règle, c'est de ne jamais *mettre le nez* dans une grammaire, à moins d'apprendre une langue étrangère ; pour la sienne, il
suffit de lire les bons auteurs avec
attention, sans aller se fatiguer la
tête par des mots barbares et des
règles communément très-mal faites;
il est certain que si chacun étudioit

sa langue à sa manière, cette étude
seroit beaucoup plus profitable; on
découvriroit que ceux qui ont formé
cette langue, ont eu, dans une infinité de choses, une finesse et une délicatesse, dont ordinairement on ne se
doute pas, et qu'on ne regarde que
comme des bizarreries; par exemple,
j'ai entendu mille fois reprocher à
notre langue, comme une inconséquence ridicule, d'admetre, dans les
ouvrages du plus grand genre, les
mots *boue* et *fange*, quoiqu'ils expri-
ment ce qu'il y a de plus vil et qu'ils
ne soient nullement harmonieux, tandis qu'il n'est pas permis de placer
dans ces mêmes ouvrages les mots
qui n'ont rien de dégoûtant, au contraire, tels que les mots citron,
persil, cerfeuil; c'est que ces plantes
rappellent naturellement l'ignoble
idée de la cuisine, voilà pourquoi la
nomenclature des légumes est exclue

de la haute poésie; quant à la *fange*
et à la *boue*, c'est une idée très-mo-
rale qui les a fait admettre; on les
conserve afin de mieux déshonorer,
par d'odieuses comparaisons, tout ce
qui est vil et bas. On pourrait ainsi,
en cherchant bien, justifier notre
langue de beaucoup d'autres pré-
tendues imperfections. — Et même
ce pourrait être le sujet d'un fort joli
petit ouvrage. — Qui vaudroit bien
une nouvelle grammaire. — D'abord
parce qu'il seroit infiniment plus
amusant, et puis parce qu'il donneroit à la jeunesse une finesse, une
délicatesse dont nécessairement ses
écrits se ressentiroient. — Encore un
mot sur M. de Buffon; on veut tout
savoir sur un homme qui avoit un
semblable talent. Comment est-il
mort? — En chrétien catholique. —
L'homme qui a tant médité sur les
merveilles de la nature devoit mourir
ainsi.

CHAPITRE XXVI.

Dijon (7).

LES voyageurs retrouvèrent encore
M. de Buffon à Dijon, car ils voulurent loger dans la rue qui porte son
nom.

On parla naturellement des grands
hommes qui ont illustré Dijon : Bossuet, le savant président Des Brosses,
Mᵐᵉ. de Sévigné, Crébillon, Longe-
pierre, Piron, Larcher, Morveaux,
chimiste, Daubenton, Soufflot, Hu-
guesambin, architecte, Florian, Rameau, toujours célèbre, malgré cette
oule de princes des musiciens [1] si

---

[1] Expression de l'Écriture Sainte (qui se trouve
ans la description du temple de Salomon) et ce [1]

justement renommés que nous avons
vus depuis : Monsigny, Duny, Grétry,

que les amateurs de musique ne doivent pas laisser oublier.

Rameau fit plusieurs découvertes musicales,
entre autres celles de la basse *fondamentale* et de
l'accord parfait majeur, qui est dans la nature
et que rend tout corps sonore par une seule émission de son; ce que Rameau appeloit ingénieusement *la trinité musicale;* et, comme je l'ai dit
ailleurs (dans *l'emploi du temps*), il est remarquable que ce soit l'homme qui, dans son triste
exil, ait inventé le lugubre ton mineur. Sans
parler de ses découvertes, Rameau, comme com-
positeur, eut les plus éclatans succès et les mérita
tous. Sa musique vocale avoit le premier de tous
les mérites, surtout dans le grand genre, celui
d'exprimer parfaitement les paroles. Après avoir
entendu chanter à l'Opéra ce morceau du *Pyg-
malion* de Rameau :

> Fatal amour, cruel vainqueur,
> Quels traits as-tu choisi pour me percer le cœur?.....

Le Kain s'écria : Si l'on me forçoit de déclamer
ce monologue, je serois obligé de prendre tous ces
tons-là. Dans le genre naïf et villageois, J.-J. Rousseau a eu supérieurement aussi le même mérite,

Hayden, Gluck, Piccini, Chérubini,
Le Sueur, Rossini, etc., etc.

Tandis que le marquis recevoit
quelques visites, Nelgis en alla faire
une à la tante de son jeune ami, Jules
Pinot, qu'il trouva chez elle. Mme. Pinot étoit une des muses de la Bourgogne; elle écrivoit avec infiniment
d'agrément en vers et en prose, et
ses qualités sociales étoient aussi atta-
chantes que ses talens étoient distingués. Comme Nelgis lui exprimoit le
désir de voir avec elle toutes les
beautés de Dijon : Jules et moi, reprit-elle, nous aurons un grand plaisir à vous les faire parcourir; mais,
pousuivit-elle, vous êtes mal entré
dans la ville ; c'est par la porte qui se

qui se retrouve encore, mais avec une noblesse
admirable, dans ce bel air de *Castor et Pollux* :

Tristes apprêts, pâles flambeaux,
Jours plus ffreux que les ténèbres,
Astres lugubres des tombeaux.....

trouve du côté de Paris qu'il faut y
arriver. Lorsqu'en revenant de Paris
on parvient au sommet de la dernière
hauteur qui domine Dijon, on est
étonné de la majesté frappante du
tableau qui se présente à la vue en-
chantée ; et à l'aspect nouveau du
pays, on s'aperçoit que l'on vient de
franchir la grande chaîne de montagnes qui établit de ce côté une division
naturelle du sol. En avant, s'ouvre
une plaine immense qui se perd dans
les montagnes bleuâtres du Jura et
de la Suisse. Quelquefois même, ajouta
le jeune Pinot, quand le ciel est bien
pur, le Mont-Blanc apparoît aux der-
nières limites de l'horizon, semblable,
par l'éclat de ses neiges, à un énorme
et beau nuage de couleur argentée.
On côtoie à la gauche les montagnes
d'où la Seine tire son origine; à la
droite, ces mêmes montagnes se pro-
longent, s'amoncèlent encore, et

portent le Mont-Afrique, qui les sur-
monte toutes et les couronne de son
sommet large et tronqué ; puis la vue
descend sur cette longue côte, revêtue
de vignobles précieux et parsemée de
beaux villages, qui porte le nom brillant de Côte-d'Or (8), et qui produit
des vins exquis. Mais l'œil a peine à
suivre dans le lointain la trace heureuse de cette côte célèbre qui paroît
s'incliner, et qui, peu à peu, s'efface
et disparoît.

Après cette explication prélimi-
naire, Nelgis et ses amis remontèrent
en voiture ; ils traversèrent la ville,
en sortirent pour y rentrer aussitôt
par la porte indiquée : là, Dijon paroît
s'élancer du milieu d'un bouquet de
feuillage, tant est large, épaisse et
d'une éblouissante fraîcheur, la ceinture à la fois riche, champêtre, éclatante, que lui forment les arbres de

ces nombreuses promenades. En effet, de tous côtés, les avenues, les chemins qui l'environnent, sont garnis de hautes plantations, et l'on croiroit, par la manière dont ils sont entretenus, qu'ils ne composent qu'un vaste et magnifique jardin. Deux rivières, celles de l'Ouche et de Suzon, parcourent ces délicieux alentours, et viennent quelquefois baigner le pied des remparts, dont les murs grisâtres ont soutenu jadis des siéges redoutables, mais qui, maintenant, recouverts de lierre et de giroflée, ne sont plus que le théâtre des jeux des enfans, dont ils ont autrefois défendu les ancêtres. Les promeneurs qui les aiment, voient avec plaisir leur respectable et paisible vieillesse décorée d'une longue guirlande de tilleul, formée par une avenue de ces arbres, qui semblent rassemblés là

pour leur faire honneur, et fixer sur
eux l'attention et la vue des voyageurs
et des passans.

L'intérieur de la ville n'est pas
moins élégant que l'extérieur : on y
trouve des rues larges, aérées, des
maisons bien bâties, des places spa-
cieuses et de fort beaux monumens;
le principal quartier, surtout, est
presque entièrement composé des ri-
chesses de l'architecture : la place
Royale, l'ancien palais des États, la
haute tour de l'observatoire qui domine toute la ville, la façade majestueuse de l'église de Saint-Michel,
l'ancienne cathédrale, le musée, la
belle salle de spectacle que l'on vient
de construire, tous ces édifices, pla-
cés en regard les uns des autres,
forment un ensemble aussi noble,
aussi imposant qu'agréable. On ad-
mire encore l'église de Saint-Bénigne
(patron de la ville), dont le vaisseau

est magnifique, et dont la flèche, entièrement construite en charpente et
recouverte d'ardoises, s'élève à une
hauteur prodigieuse. Rien n'est plus
joli, plus léger que l'église de Notre-
Dame. Le Nôtre disoit d'elle, *qu'il ne
lui manquoit qu'un étui.* En effet, ses
mille colonnes, ses ogives, ses vi-
traux, sont si singulièrement délí-
cats, que l'on craindroit presque de
les briser en les touchant, tant ils
paroissent fragiles. Dijon renferme
encore plusieurs édifices remarquables ; mais, outre ces grands traits
qui la distinguent, on peut ajouter
que les habitations des particuliers
contribuent aussi à l'agrément de son
intérieur : on y voit beaucoup d'hô-
tels et de maisons bourgeoises qui
annoncent l'aisance, et cette propreté
recherchée de la Hollande qui, presque toujours, en est inséparable ;
mais il y a peu d'ateliers dans Dijon,

peu de boutiques et de bruit, et très-
peu de misère, qui, communément,
n'est extrême qu'avec le vacarme, les
dissensions , et par conséquent le
désordre. Cette ancienne ville, capi-
tale de la Bourgogne, résidence des
ducs et des parlemens de cette con-
trée, conserve l'empreinte de son
antique noblesse, et chose qui pro-
vient, sans doute en grande partie,
de ce que son commerce (excepté
celui des vins), ne dépassant guère
les besoins locaux, ne peut jeter de
troubles dans l'État , les rangs et les
fortunes , ni exciter cette noire envie
qui finit par désunir les citoyens et
par les révolter les uns contre les autres [1] : tel est le caractère de Dijon

[1] Cela est si vrai, que les grandes propriétés
territoriales enorgueillissent les Dijonois même
qui n'en ont jamais possédé, parce que ces belles
terres font toute la splendeur de la province ;
et c'est pourquoi on n'y hait point les nobles

(et de quelques autres villes de la Bourgogne), qui tirent tout leur lustre des grandes fortunes territoriales.

Cette espèce d'esprit national se retrouvoit en Angleterre, il y a trente-cinq ans, pour son commerce exclusif du *porter*, et ses manufactures d'acier poli perfectionné, de perles fausses, de papelines et de moires d'Irlande, de boutons d'habits d'homme de toute espèce, etc., etc. Depuis que nous avons imité et au moins égalé, dans ce genre, l'industrie angloise, l'esprit national de ces ingénieux et braves insulaires n'est plus le même, et la paix intérieure de cette sage nation s'altère tous les jours.

Peut-être faudroit-il que les nations, pour leur commerce particulier, se contentassent des bienfaits de leur sol et de leurs propres inventions, et qu'elles ne cherchassent point à dérober à leurs voisins les découvertes de cette espèce, à l'exception de celles qui se rapportent aux sciences, à la pharmacie, à la chirurgie et à la médecine. Il est fort bien fait d'enlever, quand on le peut, un secret utile ou agréable à une autre partie du monde; mais il semble que ce même procédé, parmi les nations européennes, n'est pas sans inconvénient, surtout *entre voisins*, et qu'il participe un peu de l'esprit destructeur des conquêtes.

Les relations de familles entre elles
datent de loin, et se transmettent
sans tumulte de père en fils; ainsi, il
est plusieurs familles qui, par la longue suite de leurs services et de leur
influence, font partie, en quelque
sorte, du sol et du caractère dijonois·
Ces lois héréditaires pour la conscience des citoyens, offrent de pré-
cieuses garanties dans les temps de
troubles, et M. le duc Charles de
Damas en est une preuve ; portant
un nom aimé et respecté de tout le
pays, il fut, à la restauration, élevé
aux postes difficiles du gouverneur
de la province, et par sa loyauté et
la grâce conciliante de ses manières,
il eut l'art estimable autant qu'heureux d'y conserver une paix et une
concorde inaltérables [1].

---

[1] Cette description de Dijon est presque entièrement de M. Jules Pinot.

Les voyageurs passèrent une hui-
taine de jours à Dijon, ensuite ils en
partirent pour se rendre, sans s'arrêter, à Paris, où diverses affaires
les rappeloient. Nelgis regrettoit de
n'avoir pas vu plusieurs curiosités
intéressantes de la Bourgogne, ou
voisines de cette province, entre autres les grottes de la Balme (9), qu'il
auroit pu voir, car dans ses différentes petites courses, il s'en étoit
trouvé plus d'une fois très-rappro-
ché. Comme ni la marquise, ni lui,
ne connoissoient, avec détail, Sens,
il fut convenu que l'on s'y arrêteroit
quarante-huit heures (10), ce que
l'on fit en effet. La marquise d'A***
étoit si frappée de l'esprit, du langage
et des bonnes manières de l'hôtesse
de l'auberge que l'on avoit choisie,
qu'elle en parla pendant plus d'un
quart d'heure à ses compagnons de
voyage, ce qui amena une assez lon-

gue conversation sur l'éducation des
femmes. Certainement, dit la marquise, si l'on eût donné une bonne
éducation à notre hôtesse, elle seroit
une personne extrêmement distin-
guée. Oui, repartit en souriant le
marquis, mais elle ne nous auroit pas
fait le bon souper qu'on vient de nous
servir. — Cela est probable, car il
l'est aussi qu'elle ne seroit pas auber-
giste; mais ajoutons, cependant, que
la bonne éducation ne dédaigne rien
de ce qui est utile, et j'ai connu des
femmes d'une classe très-élevée, qui
savoient très-bien faire la cuisine [1].
Dans les lettres sur l'éducation, inti-
tulées *Adèle et Théodore*, et qui pa-
rurent il y a près d'un demi-siècle, on
se récria beaucoup sur l'usage univer-

---

[1] Particulièrement, à Bruxelles, la charmante
duchesse d'Ursel, et, en France, une nièce de
l'auteur de cet ouvrage, madame la baronne de
F***.

sel alors de ne donner à ses filles,
pour gouvernantes, que de vieilles
femmes de chambre qui ne sont plus
assez lestes pour servir avec promptitude, et cette agilité qui rend leurs
soins agréables. Et, en même temps,
on donnoit à ses garçons *des gouver-
neurs* parfaitement bien élevés, ayant
fait de bonnes études, traités par des
pères et mères comme ils le sont aujourd'hui, c'est-à-dire, avec tous les
égards de l'amitié, par conséquent
mangeant à leur table, tandis que *les
gouvernantes* mangeoient toujours à
l'office : voilà d'odieuses injustices et
de grandes inconséquences. — Le livre que je viens de citer a corrigé cet
abus; mais il en existe encore beaucoup d'autres qu'il faudroit réformer.
Une dame angloise, madame Emma
Willard, a fait, il y a quelques années, un très-petit livre sur *l'éducation des femmes* : j'ignore s'il a été

traduit en françois, mais je l'ai lu et l'on y trouve de fort bonnes choses. L'auteur voudroit qu'on établît des colléges pour les femmes, tenus par des femmes, et dans lesquels on apprît tout ce qu'on enseigne aux hommes...... — *Tout,* c'est peut-être un peu trop dire. — Oui, car il est des choses qui leur sont propres et auxquelles jamais elles ne doivent renoncer; tous les utiles et jolis ouvrages de leur sexe, les broderies, presque tous les ouvrages à l'aiguille, les filatures au rouet et à la quenouille. —Il est certain qu'une femme, usurpatrice de nos talens, de nos occupations et même de nos droits, peut prétendre à une gloire au-dessus de la nôtre, parce que l'étonnement et la rareté y ajoutent encore. Tandis qu'un homme brodant, ou filant dans le dernier degré de perfection, seroit un être bien ridicule à tous les yeux.—Vous figurez-vous un homme, au coin d'une haie, chantant, avec une grosse voix, une romance champêtre, et filant à la quenouille ? — J'ai vu, dans les environs de Berlin, des bergers tricotant en gardant leurs troupeaux ; mais la quenouille seroit encore pire ; c'est apparemment pourquoi les anciens l'ont placée entre les mains d'Hercule, afin de mieux faire sentir les dangers de l'amour. — Cela est, en effet, très-moral ; cependant si cette passion n'avoit jamais produit de plus grands désastres, on pourroit bien ne pas la trouver très-effrayante.—Quoi ! dans les environs de Berlin, chez une nation si belliqueuse, des bergers tricotoient dans les champs ? — Oui, et le grand Frédéric le trouvoit bon ; néanmoins, un grand nombre de métiers étant absolument interdits aux femmes, et par la décence ou le man-

que de force¹, j'ai toujours désiré et
je voudrois encore que beaucoup de
jolis petits métiers fussent interdits
aux hommes. J'ai été témoin d'une de
leurs usurpations, dans ce genre, il
y a plus de quarante ans, et ce ne fut
point un fruit de la révolution : quand
j'entrai dans le monde, il n'y avoit pas
une seule femme qui eût osé se faire
coiffer par un homme ; toutes les femmes, jeunes ou vieilles, avoient des
coiffeuses. *Léonard* fut le premier

---

¹ Les métiers de brasseur, de maçon, de cou-
vreur, de serrurier, de forgeron, de charpentier,
de ramoneur, de carrossier, de maréchal-fer-
rant, etc., etc. Les femmes ne peuvent, sans
exciter un scandale universel, faire des habits
d'homme, puisqu'il faut prendre des mesures ;
elles ne peuvent coiffer des hommes, puisqu'il
faut assister à leur toilette ; il seroit donc bien
juste qu'une loi interdît aux hommes un certain
nombre de métiers, par exemple celui de coiffeur
de femmes, que nul n'exerçoit il y a quarante-
cinq ans.

audacieux qui s'empara du vaste empire de la toilette, empire qui devint
despotique entre ses mains. Il me
semble aussi qu'il seroit à désirer,
quand ce ne seroit que pour la décence, que les hommes laissassent
aux femmes le soin de faire les cor-
sets baleinés. — Il est sûr que, dans
un temps où l'on a mis tant de ma-
chines à la place des bras, et où tant
de vieilles villageoises et de petites
filles manquent de pain, faute d'ouvrage, il seroit bon de rendre, au
sexe le plus foible, quelques moyens
de subsistance.

L'auteur d'*Adèle et Théodore* a
bien pensé, dans cet ouvrage, à faire
entrer dans l'éducation des deux sexes
la gymnastique [1], l'enseignement des

[1] On en voit le détail dans mon *Journal d'éducation*.

langues vivantes, par l'habitude, et
de rendre toutes les récréations ins-
tructives [1]. J.-J. Rousseau, qui semble s'être réservé le privilége exclusif,
sinon des inconséquences, du moins
des plus inconcevables, J.-J. Rousseau veut bien qu'on enrichisse la
promenade par l'étude de la botanique, mais il limite ridiculement cette
étude, en disant qu'il suffit de bien
connaître *sa botte de foin;* et, de
plus, il défend la connoissance des
propriétés, qui, selon lui, ôte tout
le charme de la botanique, lorsqu'au
contraire elle seule y donne un véritable prix ! Il est très-nécessaire
qu'une maîtresse de maison, une
mère de famille, connoissent les propriétés de tout ce qui se mange; il
seroit même fort utile qu'elles eussent
une idée un peu approfondie de toutes

[1] *Voyez* le même ouvrage.

les plantes usitées en médecine [1]. —
Voilà une très-bonne idée; espérons
qu'elle prendra. — C'est ce qui arrive, tôt ou tard, aux choses utiles;
il n'y a pas de cabales permanentes
contre ce qui est bon; elles ne peuvent que se renouveler; elles ne se
perpétuent jamais. Approuvez-vous,

[1] Ce qu'on pourroit apprendre d'une manière
très-amusante, en apprenant en même temps à
faire des fleurs artificielles, ouvrage fort à la
mode aujourd'hui, et que l'on pourroit rendre
aussi bienfaisant qu'il est frivole. Mademoiselle
Labblée est une jeune personne très-intéressante,
que des malheurs bien indépendans de sa conduite et de celle de ses parens ont réduite à la nécessité de se faire des ressources de ses talens et
de son adresse, qui est extrême; elle fait surtout
des fleurs artificielles avec une perfection rare;
elle a reçu une bonne éducation : elle aime la
botanique; elle en a lu avec fruit beaucoup de
livres; on lui a donné l'idée de l'appliquer à la
botanique de *plantes usuelles*, ce qui ne rendroit pas les leçons plus longues, et ce qui,
sans doute, y ajouteroit un grand intérêt de
plus.

dit le marquis à Nelgis, qu'on établisse
des écoles de natation pour les femmes? Oui, répondit Nelgis, car, puisque les femmes vont sur les fleuves
et sur les mers, je ne vois pas pourquoi on leur interdiroit un moyen de
se sauver en cas de naufrage. Il
est vrai que le malheur d'une femme
qui se noye, faute de savoir nager,
est un crime de l'éducation. — Et que
de crimes de ce genre l'éducation
n'a-t-elle pas commis depuis le commencement du monde! Quand l'art
de nager ne serviroit qu'une seule
fois, dans une longue vie, à sauver
celle d'un autre, ne seroit-ce pas un
motif bien raisonnable de s'applaudir
de l'avoir acquis [1]? Enfin, j'ai tou-

---

[1] Pour le commerce et la sûreté de la vie, l'é-
ducation doit encore enseigner beaucoup d'autres
choses, et même, aux deux sexes, à panser des
plaies, à poser des sangsues, à saigner; et c'est

jours cru qu'on ne devoit jamais négliger, dans le cours de l'éducation,
d'apprendre, quand l'occasion s'en
trouvoit, les choses même qui paroissent avoir le moins de rapport
avec notre rang et notre situation.
C'est ainsi que, par la suite, on se
rend utile aux autres dans mille circonstances, et d'une manière d'autant
plus agréable, qu'elle est presque
toujours inattendue.—Il va sans dire
que vous voulez encore que l'on apprenne aux femmes à monter à'cheval ?—Et même à conduire un cabrio-
let, pourvu qu'elles sachent, en même

ce que savoient faire les augustes princes élevés à
Belle-Chasse et à Saint-Leu.

Une dame de la cour, madame la comtesse de
Mont-Barey, étant dans un château avec son
mari, éloignés de tout secours, eut la douleur de
le voir tout à coup tomber à ses côtés, frappé
d'un coup de sang. En le saignant aussitôt, elle
lui sauva la vie. M. de Mont-Barey a survécu
plus de trente années à cet accident.

temps, qu'il est très-dangereux de se faire mener dans une voiture à deux roues, ou de la conduire soi-même [1]. — Approuvez-vous que les femmes apprennent le latin? — Oui, puisqu'il seroit bon qu'elles entendissent parfaitement les prières de l'église. Et c'est ce qu'on exigeoit jadis, très-raisonnablement, de toutes les religieuses; dans ma jeunesse encore, cette coutume s'étoit conservée dans le couvent des filles Sainte-Marie. Madame de Lamoignon, qui en étoit supérieure, étoit véritablement savante : il en résultoit que ce monastère jouissoit, parmi les gens du monde, d'une considération que n'avoient point les autres, et qu'il en est sorti des personnes très-distinguées par leur esprit, leur con-

---

[1] Voyez l'*Emploi du temps* et le *La Bruyère des domestiques*, chapitre *des cochers*.

duite et leur instruction. — Si les
religieuses savoient le latin, leurs
maisons deviendroient des *colléges*
naturels, et les plus convenables des
jeunes personnes qui auroient le goût
de l'étude. — Par conséquent l'éducation des femmes seroit entièrement
semblable à celle des hommes?—Non,
car il faudra toujours en exclure l'es-
crime, l'équitation ou manége, la
guerre; les jeux violens, tels que la
paume, le ballon, le battoir....—Je
demande grâce pour le billard. — Je
l'accorde, mais c'est une grâce; on
doit encore leur interdire, à jamais,
toutes les chaires de professeurs; elles
perdent leur plus grand charme, celui de la modestie, en se mettant en
scène; des places dans les académies
et des bonnets de docteurs ne leur
conviendront jamais; elles ne doivent
s'instruire que pour seconder leurs
maris dans leurs occupations particu-

lières, ou pour diriger leurs enfans
dans l'intérieur de leur famille et les
empêcher de perdre leur temps lorsqu'ils sont en vacance. Elles ne doivent point s'élever jusqu'aux sciences,
pour rivaliser avec les hommes :
cette prétention ridicule, jointe à celle
de la littérature, qu'on leur permet,
nuiroit à la simplicité de leurs devoirs domestiques. Après avoir fait
de beaux vers, si la nature leur en a
donné le talent, de jolis contes moraux; après avoir tracé quelques
pagés sur la religion, base de tout, la
morale, l'éducation, elles peuvent
très - bien, suivant le conseil de
J.-J. Rousseau, faire des entremets,
des compotes, des sirops et de charmantes broderies, etc., etc.; mais
ces choses s'allieroient fort mal avec
les hautes et graves combinaisons de
la géométrie, de l'astronomie, de la
physique et des autres sciences abs-

traites. — On a pourtant vu des femmes s'occuper, avec succès des sciences et même remplir' parfaitement bien des chaires de professeurs. — J'en conviens volontiers et, de plus, je reconnois, avec plaisir, qu'elles en avoient le talent et l'intelligence ; mais leur sexe leur interdit ce genre d'occupation ; dépositaires des enfans, elles sont évidemment attachées , par la nature même, à l'intérieur de la maison. Figurez - vous une femme grosse, tenant dans ses bras un maillot qu'elle allaite , figurez-vous cette femme assise dans une chaire et dogmatisant en public; certainement elle ne vous paroîtra point là à sa place. Sa gloire est d'une nature délicate, comme sa personne ; elle ne peut supporter ni l'éclat d'un soleil éblouissant, ni le tumulte et le fracas d'un grand bruit. Elle n'est aussi intéressante qu'elle peut l'être qu'au milieu

des champs, de la verdure, des fleurs,
dont elle efface la fraîcheur, la beauté; enfin, que dans sa maison, ou
dans une douce retraite, près du ber-
ceau de son enfant, et lorsqu'elle
soigne un père infirme ou un mari
malade; son noble et touchant empire est là, et non dans les assem-
blées nombreuses et, par conséquent,
dans la cohue des *routs* [1].

---

[1] Mot anglois, dont j'ai déjà donné l'explication.

CHAPITRE XXVII.

Départ de Sens. — Histoires intéressantes.

On partit de Sens le lendemain, et
l'on parcourut avec gaieté l'une des
plus belles routes de France ; car on
a beau dire du mal de Paris, on est
toujours bien aise de s'en rapprocher
et d'y retourner ; mais, à huit lieues
de Paris, un accident, arrivé à la
voiture, força de s'arrêter dans un
village ; on y chercha vainement un
gîte ; il fut impossible d'en trouver
un. Un des gens de Nelgis, qui avoit
de l'esprit et de l'intelligence, dit aux
voyageurs que le presbytère étoit
très-grand ; que le curé, jeune encore, et le meilleur homme du monde,
s'empresseroit certainement d'offrir

aux voyageurs l'hospitalité ; le domestique ajouta qu'étant né dans ce village, il connoissoit personnellement
ce bon curé.

En effet, on fut reçu au presbytère
avec tout le charme de la bonté évan-
gélique, qui agit toujours avec d'autant plus de naturel, que non-seulement elle ne prétend point à la reconnoissance, mais qu'elle ne croit
même pas qu'on lui en doive, puisqu'elle ne fait qu'obéir à des commandemens sacrés et positifs [1].

On étoit au mois de septembre, il
avoit plu, il faisoit froid, et l'on
trouva le curé assis auprès du feu,
placé entre un vénérable ecclésiasti-

---

[1] Tout ce qu'on va lire dans ce chapitre est de
la plus exacte vérité. On tient tous ces détails
d'un jeune homme bien digne de foi, qui a été
élevé dans ce même village et qui entretient un
commerce épistolaire avec le curé, dont il conserve précieusement toutes les lettres.

que et une vieille femme octogénaire;
le curé montroit un si grand respect
pour ces deux personnages, que les
voyageurs ne doutèrent point qu'ils
ne fussent, l'un son oncle, et l'autre
sa·mère; ils furent confirmés dans
cette idée lorsque le curé, regardant
à sa montre, dit à la vieille femme:
Ma mère, voilà l'heure de votre bain;
en prononçant ces paroles, il la prit
dans ses bras et l'emporta hors de la
chambre. Lorsqu'on les eut perdus de
vue, le vieil ecclésiastique, s'adressant aux étrangers: Ne pensez-vous
pas, leur dit-il, que cet excellent prêtre est le fils de cette bonne femme?
Eh bien! point du tout; il n'exerce
envers elle que les devoirs de la charité chrétienne; cette pauvre femme
n'est connue de lui que par l'excès de
ses malheurs. Elle venoit de perdre
le fils unique qui la faisoit vivre et qui
la laissoit chargée, sans aucune res-

source, de deux petits enfans, âgés
seulement de onze et douze ans, et
n'ayant par conséquent aucun moyen
de pourvoir à leur subsistance com-
mune. Notre digne prêtre, sans que
l'infortunée grand'mère le demandât,
la fit venir avec ses deux petits enfans, et se chargea entièrement de
ces trois malheureux individus, il y a
environ deux ans. La grand'mère étoit
impotente ; le curé lui prodigua tous
les services et tous les soins qu'un tel
état rend nécessaires ; les enfans ne
savoient ni lire, ni écrire ; il passoit
une partie des journées à leur donner
des leçons. Ces orphelins, vivement
touchés de tant de bontés, en profi-
tèrent parfaitement ; car la reconnoissance, dans les âmes faites pour l'é-
prouver, est mille fois plus profitable
que la plus forte émulation ; les prodiges de l'amour-propre et de l'orgueil n'égaleront jamais ceux de la

sensibilité. Au bout de dix-huit mois,
le curé eut le bonheur de placer les
deux enfans dans une école gratuite,
où ils sont encore, et gagnent tous
les prix de leur âge. Précisément à
cette époque, je devins incapable,
par mon âge et mes infirmités, de
remplir les devoirs du saint ministère;
mais je trouvai aussi, près du chari-
table pasteur, les secours et les consolations dont j'avois un si pressant
besoin!.... Comme il prononçoit ces
paroles, le curé rentra seul dans la
chambre avec un air joyeux : Elle est
dans le bain, dit-il; je l'ai laissée entre les mains de la bonne Marianne,
qui, avant une demi-heure d'ici, la
mettra dans un bon lit bien bassiné.
A ces mots, les voyageurs témoignè-
rent au curé combien ils admiroient
sa généreuse et touchante bonté. Je
vois, repartit le curé, en s'adressant
au vieil ecclésiastique, je vois, mon

père, que vous avez conté l'histoire
de cette malheureuse mère de famille ;
mais je suis bien sûr que vous avez
passé la vôtre sous silence. Ouï, mes·
sieurs, poursuivit-il, en se retournant
vers ses hôtes, il ne vous a pas tout
dit, et je me charge de vous instruire
de ce que sa modestie chrétienne, si
sincère, voudroit pouvoir cacher ;
toutes les choses que vous admirez en
moi sont des actions qu'un païen
même, avec un peu de sensibilité naturelle, n'auroit pu se dispenser de
faire. C'est ce vénérable ecclésiastique que vous voyez ici qu'il faut admirer ; lui seul mérite un semblable
hommage ; il est mon instituteur, mon
bienfaiteur, mon maître ; je lui dois
tout, principes, éducation, état, enfin
existence entière ; voici les faits : Je
suis un malheureux orphelin ; à la
mort de mon père, ma famille m'aban-
donna ; ce respectable curé me re-

cueillit : j'avois douze ans ; il perfec-
tionna mon écriture, mon orthogra-
phe, et, voyant que j'étois capable
d'application, il entreprit de m'enseigner le latin, et ce fut avec la persévérance qu'il met à toutes les bonnes
œuvres. D'ailleurs, il avoit alors une
fort bonne santé, et la mienne fut très-
délabrée pendant dix-huit mois ; il me
soigna durant tout ce temps, comme
auroit pu le faire un tendre père et
un habile médecin ; car il a, dans ce
genre ainsi qu'en chirurgie, de très-
grandes connoissances, qu'il n'a ac-
quises que pour être en état de soigner
les pauvres malades [1]. Quand c'est la

---

[1] Nous avons connu un ecclésiastique, natif de
Montpellier, fils d'un excellent médecin de cette
ville, qui, dès son enfance, fut destiné par son
père à cette bienfaisante et, par conséquent, noble profession. Aussitôt qu'il eut l'âge fixé par la
loi, il fut reçu docteur en médecine (sept ou huit
ans avant la révolution). Il avoit de grands sentimens religieux; alors, réfléchissant à l'extrême

charité, l'amour du bien public, et
non une vanité frivole, qui inspirent le
désir de s'instruire, on fait en peu de
temps de rapides et d'étonnans progrès ; je fus bientôt en état de seconder parfaitement le curé. Je jouissois

utilité dont il pourroit être en embrassant l'état
ecclésiastique, il fit part de ses idées à son père,
qui (bien digne d'avoir un tel fils) les approuva
toutes, et, sans délai, le fit entrer au séminaire.
Il y fit ses études avec tout le zèle d'une ardente
piété ; il fut reçu prêtre en sortant du séminaire.
Comme un tel exemple édifioit la ville entière,
et que tout le monde s'intéressoit vivement à lui,
il eut presque aussitôt une cure dans-un village
aux environs de Montpellier : c'étoit ce qu'il dé-
suoit, sachant qu'il y seroit beaucoup plus utile
que dans une ville. A la révolution, il émigra en
Angleterre ; il devint à Londres le confesseur et
le médecin de tous les pauvres émigrés. Lorsqu'on
établit le culte en France, il revint à Paris, et
l fut placé au nombre des grands vicaires de l'ar-
hevêché, où il exerçoit tous les matins la mé-
ecine pour les pauvres. L'auteur de cet ouvrage
ut l'honneur de connoître ce respectable prêtre
t le bonheur de lui faire avoir une cure à peu
é lieues de Paris.

bien mieux de ce succès, que si je
m'en fusse enorgueilli; j'en bénissois
Dieu, et j'en aimois davantage mon
curé. J'ai toujours trouvé, en toutes
choses, que l'amour-propre et l'orgueil ne font que des dupes, d'autant
plus inexcusables, que ces deux vices
produisent souvent de cruelles souf-
frances, et privent toujours des véritables joies. Il m'est impossible de
concevoir que cette seule preuve de
la vérité de notre sainte religion (la
perfection exclusive de sa morale) ne
frappe pas les plus incrédules. La littérature des anciens, admirable dans
tout ce qui tient à l'observation de la
nature, est mauvaise dans tout ce qui
a rapport aux principes de la morale,
que le christianisme pouvoit seul faire
connoître. Le système de fatalité des
anciens leur ôtoit toute idée de vertu;
ils n'ont connu ni la vertu ni l'admiration. C'est pourquoi jamais leurs

pièces de théâtre n'ont pour mobile
l'admiration; ils n'ont vu dans la vertu
qu'une supériorité humaine, plus dangereuse qu'utile; elle n'a été pour
eux, dans les autres, qu'un sujet de
crainte : la preuve irrécusable en est
dans leur ostracisme. Ajoutons à cela,
reprit Nelgis, que l'Écriture Sainte
est le seul code religieux qui, quant à
la morale, par conséquent aux commandemens, ne contienne pas une
seule inconséquence, et les livres des
philosophes, anciens et modernes, en
fourmillent.

M. le curé, dit le marquis, connoît-
il le livre intitulé : *les Apologistes*
involontaires, par M. l'abbé Mérault,
vicaire général du diocèse d'Orléans?
— J'ai beaucoup entendu parler de
cet ouvrage, mais je ne l'ai point lu.—
Eh bien, dès que je serai à Paris, j'aurai l'honneur de vous l'envoyer.—Re-
cevez-en d'avance tous mes remercî-

mens. — C'est un excellent ouvrage qui met dans tout son jour une inconséquence véritablement incompréhensible. Par exemple, voici ce que dit Voltaire, auteur de tant d'impiétés et d'un poëme si infâme, que le titre seul (qui n'a pourtant rien d'obcène) suffiroit pour souiller une plume décente :

« Les brillantes fleurs de la poésie » sont prostituées lorsqu'on les fait » servir de parures et d'ornemens à » l'erreur. » (*Voltaire*, t. 83, p. 360.)

Voici du même ouvrage (*les Apologistes involontaires*) d'autres citations sur Voltaire [1] :

[1] Il est inutile d'assurer que ces citations sont de la plus scrupuleuse exactitude; le nom de l'auteur en est le garant le plus certain. Il y a plusieurs années que l'ouvrage est publié, et nul incrédule n'a osé en contester l'entière et parfaite véracité. Si l'on pouvoit reprocher à cette utile et curieuse collection la moindre erreur, assurément elle eût été relevée avec autant de violence que d'indignation.

« Les plus violans ennemis du chris-
» tianisme étoient forcés d'avouer
» qu'on trouvoit dans son sein les âmes
» les plus pures et les plus grandes ;
» il en est de même encore aujour-
» d'hui. » (*Voltaire.*)

« Le stoïcisme ne nous a donné qu'un
» Épictète, et la philosophie chré-
» tienne forme des milliers d'Épictète ¹
» qui ne savent pas qu'ils le sont, et
» dont la vertu est poussée jusqu'à
» ignorer leur vertu même. » (*Vol-*
taire, t. 70, p. 223.)

« Il y a dans l'impiété des mécréans
» un tel excès de ridicule et de rado-
» tage, qu'on ne sait si ces gens-là
» doivent nous faire pouffer de rire

---

¹ *Épictète* fut en effet le plus parfait des philosophes anciens, ce qu'on attribue à l'avantage
qu'il eut sur les autres de voir l'établissement du
christianisme. Cependant, comme il ne l'embrassa
point, il y a dans son livre de funestes erreurs
morales qu'on a citées dans un autre ouvrage.

» ou éclater d'indignation : rire vaut
» mieux ; mais ils sont si nuisibles à
» la société, que cela met en colère. »
(*Voltaire*, t. 42, p. 178.)

  « La religion, dites-vous, a pro-
» duit bien des crimes ; dites la su-
» perstition qui a régné sur notre
» triste globe ; dites le fanatisme,
» le plus cruel ennemi du culte qu'on
» doit à Dieu. Détestons ces monstres
» qui ont toujours déchiré le sein de
» leur mère : ceux qui les combattent
» sont les bienfaiteurs du genre hu-
» main ; ce sont des serpens qui en-
» tourent la religion de leurs replis [1] ;
» il faut leur écraser la tête sans bles-
» ser celle qu'ils infestent et qu'ils
» dévorent. » (*Voltaire*, t. 50, p. 234.)

---

[1] Cette phrase est amphibologique ; il semble
que ce soient les défenseurs de la religion *qui
sont les serpens.* Voltaire est le plus incorrect de
tous les écrivains en vers et en prose qui ont de
la réputation.

Cela est si édifiant, interrompit
le jeune curé, que je ne puis croire
que cet homme, dont, au reste, je
n'ai jamais lu les ouvrages, ait eu la
grossière imprudence et la bassesse
de se démentir au point d'avoir écrit
les infamies qu'on lui attribue. Ne
l'a-t-on pas calomnié? — Rassurez-
vous, M. le curé; il est bien l'auteur
de toutes ces turpitudes, qu'il a suc-
cessivement désavouées, mais qu'ensuite il a publiquement reconnues,
fait insérer dans ses œuvres, et même
vendues illicitement à plusieurs libraires, entre autres au pauvre Jore,
qu'il a ruiné. Mais écoutez encore une
citation de lui, dont la *charité chrétienne* vous édifiera moins; c'est le
portrait de J.-J. Rousseau :

« Il vous soutient et le pour et le contre
» Avec un front de pudeur dépouillé;
» Cet étourdi souvent a barbouillé
» De plats romans, de fades comédies,

» Des opéras, de minces mélodies [1].

» Puis il condamne, en style entortillé,

» Les opéras, les romans, les spectacles;

» Il vous dira qu'il n'est point de miracles,

» Mais qu'à Venise il en a fait jadis.

» Il se connoît finement en amis;

» Il les embrasse, et pour jamais les quitte;

» L'ingratitude est son premier mérite;

» Par grandeur d'âme, il hait ses bienfaiteurs.

» Versez sur lui les plus nobles faveurs,

» Il frémira qu'un homme ait la puissance,

» La volonté, la coupable impudence

» De l'avilir en lui faisant du bien.

» Il tient beaucoup du naturel du chien;

» Il jappe, il fuit, il mord, puis il caresse.

» Ce qui surtout me plaît et m'intéresse,

» C'est que de secte il a changé trois fois

» En peu de temps, pour faire un meilleur choix

» Une infernale et hideuse sorcière

» Suit en tous lieux le magot ambulant;

» Comme la chouette est jointe au chat-huant.

» . . . .

» L'homme célèbre a fixé sa demeure

» Dans un vallon fort bien nommé Travers.

» Là se tapit ce sombre énergumène,

» Cet ennemi de la nature humaine;

» Pétri d'orgueil et dévoré de fiel ,

» Il fuit le monde, et craint de voir le ciel. »

[1] Charmantes mélodies. *Plats romans* n'est pas
plus vrai; il falloit dire *dangereux romans*.

— Ce portrait satirique n'est pas de
Boileau ; il n'en a pas la verve, et Boi-
leau n'eut jamais une telle grossièreté.
— Ce qui excuse un peu l'âcreté de
Voltaire, c'est l'étrange portrait que
Rousseau fait de lui-même ; le voici :

« Dire et prouver également le pour
» et le contre, tout persuader et ne
» rien croire, a de tout temps été le
» jeu favori de mon esprit. Je ne re-
» garde aucun de mes livres sans fré-
» mir : au lieu d'instruire, je cor-
» rompts ; au lieu de nourrir, j'empoi-
» sonne ; mais la passion m'égare, et
» avec tous mes beaux discours, je
» ne suis qu'un scélérat. »

Voilà un effrayant portrait, dit le
marquis ; j'en conviens. Néanmoins,
Rousseau n'a pas tout dit : il ne parle
ni du cruel abandon de ses enfans, ni
de ses aventures licencieuses avec une
courtisane de Venise., ni de son in-

gratitude pour ses bienfaiteurs, et même pour Mme. Levarens, qu'il affectionnoit particulièrement, et qu'il appelle toujours dans ses Mémoires une *âme angélique*, une *âme céleste*, quoiqu'il nous apprenne qu'elle avoit pris Claude Anet, son domestique, pour amant, mais par un motif admirable, dit Rousseau, *pour conserver ses mœurs, en l'empéchant de courir dehors et en le rendant sédentaire.* — Il est bien inconcevable que, lorsqu'on n'est pas entièrement fou et enfermé comme tel, on puisse dire sérieusement de semblables choses.—Cela n'est pas plus fort que Diderot, qui, dans son supplément au *Voyage de Bougainville*, dit, avec une prétention tout-à-fait sentimentale, *qu'il faut qu'un père soit dénaturé pour ne pas être l'amant de sa fille* [1] *quand elle est dis-*

---

[1] Ce qu'il exprime dans des termes très-cyniques

graciée de la nature, parce que personne ne voudra lui rendre ce ser-
vice-là. — Helvétius n'a-t-il pas dit
aussi, avec l'emphase la plus ridicule,
que *le saint respect, l'admiration
profonde dont on se sent pénétré
pour soi-même, ne peut être que l'effet
de la nécessité où nous sommes de
nous estimer préférablement aux
autres.* (Livre de *l'Esprit*, p. 68.) —
Le *saint respect* est plaisant !... —
Ce qui ne l'est pas moins est cette
invitation à la jeunesse qui se trouve
dans le *Dictionnaire encyclopédique*
(article *de la nature de Dieu*):

« Jeune homme, prends et lis ; con-
» sidère le monde comme ton école,
» et le genre humain comme ton pupille. »

—Quel pupille !... —Et quels instituteurs ! — Mais ils sont de temps
en temps si dévots... D'Alembert lui-

même n'a-t-il pas écrit : « Si les prin-
» cipes du christianisme sont si indé-
» cemment attaqués de nos jours, la
» manière dont ils le sont est bien
» capable de rassurer ceux que ces
» abus pourroient alarmer ». (*D'A-
lembert, Abus de la critique en fait de
religion.*) Quoiqu'il se soit vanté,
dans ses *Lettres à Voltaire,* avec une
horrible ironie, d'avoir *bien travaillé
à la vigne du Seigneur!...* — En effet,
il a dit un grand nombre d'impiétés.
Laissons-là, interrompit le jeune
curé, laissons-là les philosophistes
modernes. — Cela est bien difficile,
il y a tant de choses à dire sur eux,
que cela est inépuisable, et qu'on y
revient toujours malgré soi. — Ce qui,
surtout, me paroît inoui, c'est qu'avec
tant d'inconséquences, de galimathias,
d'emphase ridicule ¹, de déraison,

---

¹ *Voyez* Rousseau, surtout Diderot.

d'obscénités grossières et de plagiats effrontés [1], de plaisanteries détestables [2], de mensonges impudens [3], ils aient pu séduire tant de jeunes gens, corrompre les mœurs et préparer une révolution!...

Après cette petite digression, on pria le curé de continuer son récit,

[1] Rousseau a prodigieusement pillé Sénèque et Montaigne; Voltaire, le pire en ce genre, a pillé tous nos auteurs, Rabelais, Montaigne, Corneille, Racine, La Fontaine, Molière, Crébillon, Regnard, Destouches, La Chaussée et une foule d'auteurs inconnus, comme l'a victorieusement prouvé M. Clément. (Voyez les *Soupers de la maréchale de Luxembourg*)

[2] *Voyez* les comédies, les opéras comiques de Voltaire, etc. Cet homme universel n'a jamais pu faire une bonne comédie, ni un opéra qui eût le sens commun, ni une ode; comme historien, il est infiniment au-dessous de Bossuet, de l'abbé de Vertot et de M. Gaillard.

[3] *Voyez*, sur ce point, tous les philosophistes, entre autres Voltaire, qui a mille fois travesti la Bible, et qui, dans ses lettres, encourageoit ses complices à mentir sans relâche.

qu'il reprit aussitôt de la manière suivante :

Avant de prendre possession de la cure, que je devois aux sollicitations de mon protecteur, je vins chez lui; c'étoit chercher à me pénétrer mieux de mes devoirs futurs. En effet, il m'exhorta à cultiver, par mes lectures, la botanique usuelle, la médecine, et ce qu'il m'avoit enseigné de chirurgie : saigner, poser les sangsues et panser des plaies; et c'est, ajouta-t-il, ce que les curés, surtout de village, devraient savoir faire, c'est ce que les évêques exigeront d'eux, quand on y réfléchira mûrement.

J'étois encore chez mon bienfaiteur, dit-il, lorsqu'un voyageur de sa connoissance, venant de Normandie, s'arrêta dans cet hospitalier presbytère, et nous conta l'histoire de l'arbre fameux, nommé le *chéne-chapelle*, dont nous n'avions jamais entendu parler ; le récit du voyageur m'inspira une telle curiosité, que le curé me conseilla d'employer les cinq semaines de liberté qui me restoient encore, à faire cet intéressant et curieux péle-rinage, et dès le lendemain, je partis pour Allouville. Mon voyage ne dura pas plus d'un mois ; je retournai dans le lieu qui me sera toujours cher, par les souvenirs de piété, d'humanité sublime qu'il me retrace... Ici le marquis d'A*** interrompit le narra-teur, pour lui demander quelques détails sur le *chéne-chapelle*. Vous les trouverez tous, répondit le jeune curé, dans un manuscrit, espèce de petit journal que j'ai fait sur ce pélerinage ; je vous le prêterai, et vous pourrez le lire en vous couchant. Avant de ous séparer ce soir, je veux achever de vous conter l'histoire du patriarche des curés ; qui a mis le comble à ses

bienfaits en daignant accepter un asile
chez moi; mais voici l'heure à laquelle
il doit se retirer, vous me permettrez
de vous quitter un instant pour que
j'aille le conduire dans sa chambre.

Il parloit encore lorsque le vieux
curé se leva; il saisit d'une main sa
béquille, et s'appuyant de l'autre sur
le bras de son jeune ami, il fit ses adieux
aux voyageurs, et sortit du salon.
Alors Nelgis dit en riant : Si de certaines personnes, à Paris, voyoient ces
deux vertueux personnages, ils s'é-
crieroient *philosophiquement : Ce
sont des hypocrites*, c'est de l'hypocrisie, ce sont des hypocrites..... Il
est vrai que voilà le cri de ralliement
des philosophistes; il y a plus de cent
ans qu'ils sont convenus, dans toutes
leurs différentes sectes, athées, théis-
tes, et enfin ultrà-libéraux, d'appeler
hypocrites tous les gens religieux.
Néanmoins, la plus légère réflexion

suffit pour ôter toute espèce de poids
à cette étrange accusation, qui commença tout à coup à se répandre sous
la régence, où l'on avoit assurément
aucun intérêt à être *hypocrite*. On
eut moins d'intérêt encore à jouer un
tel rôle pendant la faveur de madame
ePompadour et de madame du Barry.
Cependant, Voltaire et les encyclopé-
istes la répétèrent dans leurs innom-
rables libelles, avec autant de fureur
que de persévérance ; mais si l'on
nge à l'ennui mortel, au supplice
ue s'impose un impie, qui prend la
ésolution de persuader à tout le monde
u'il est dévot, on ne croira pas que
eaucoup de gens soient capables de
endre un tel parti, et surtout d'y
ersister ; renoncer à tout ce qui plaît,
our faire tout ce qu'on dédaigne et
ut ce qui paroît extravagant, est
surément la chose la plus difficile ;
priver des bals, des spectacles,

pour aller passer des heures entières à
l'église ; rompre des liaisons coupables, mais qui charmoient, pour ne
voir avec intimité que des gens ennemis du monde et de ses *pompes,* dont
on méprise la croyance, et dont les
entretiens paroissent excessivement
ennuyeux ; être forcé, pour se mêler
à ces conversations, de lire des ouvrages de piété, graves et sérieux, et
par conséquent de renoncer à des
lectures frivoles et licencieuses, dont
on faisoit ses délices ; ne paroître dans
les sociétés brillantes que pour y jouer
un rôle qu'on abhorre ; n'y porter
ni le désir, ni l'espérance de plaire,
quoiqu'on soit dévoré d'orgueil et
d'amour propre ; y garder le silence
dans les momens où l'on aimeroit le
mieux à parler, quand on médit et
quand on disserte sur l'amour et la
galanterie ; et enfin se condamner
à l'abstinence, aux jeûnes, etc., etc.,

à moins de la certitude d'une prompte et grande fortune, qui pourroit supporter seulement quelques mois de si pénibles privations, de si rigoureux sacrifices? Que les ennemis de la religion, du trône, des bonnes mœurs et de la paix, renoncent donc à cette folle imputation, que le simple bon sens repousse victorieusement quand elle se généralise. Sans doute on a vu, dans tous les temps, des hypocrites, et il en existera toujours; mais ceux-là se gardent bien de jouer la dévotion; ils n'affectent de temps en temps que *les sentimens religieux*, mais sans rien changer à leur manière de vivre; et la plus grossière, la plus absurde inconséquence les décèle toujours. Tels furent surtout Fontenelle[1],

[1] Précurseur de la philosophie moderne, sur la fin du siècle de Louis XIV, il écrivit un pieux *Discours* sur la patience, dans lequel il parle avec le respect convenable du Verbe incarné; et, sous la régence, il publia l'*Histoire des Oracles*...

Voltaire, d'Alembert, J.-J. Rousseau,
et beaucoup d'autres ; voilà les hypocrites que tout écrivain, bon citoyen,
doit dévoiler, et pour cette œuvre si
utile, les faits ne manquent pas. On
les trouvera tous dans les écrits philosophiques, publiés par les amis des
auteurs. Voyez les lettres de Voltaire
au roi Stanislas, à dom Calmet, au pape
Grégoire, et comparez celles de la
même date, écrites à ses amis ; voyez
les discours de d'Alembert, comparez-
les à ses lettres adressées à Voltaire ;
voyez les ouvrages de J.-J. Rousseau,
vous trouverez, dans *Emile*, après de
pompeux éloges donnés à la religion,
la profession de foi du *vicaire savoyard;* et vous lirez, à la suite de
cette profession impie, le plus étrange
paragraphe, dans lequel le vicaire
ajoute : « Qu'il faut bien se garder de
» publier ces opinions, qu'un *mauvais*
» citoyen pourroit seul divulguer ».

Et l'auteur les fit imprimer, et cor-
rigea lui-même les épreuves!

Voilà des faits irrécusables et non
contestés!.. A présent, que les théis-
tes réfléchissent, comparent et jugent.

Le jeune curé, rentrant dans le
salon, mit fin à cet entretien ; on le
somma de tenir sa parole, ce qu'il fit
aussitôt en ces termes : Ce vénérable
prêtre, pour lequel j'éprouve le respect et la vénération qu'on a pour un
père, ce doyen et ce modèle des curés
eut, avant la révolution, une cure
dans la Vendée ; lorsque l'esprit de
rébellion et d'innovation eut boule
versé la France, l'immuable, l'hé-
roïque Vendée, constamment inébranlable dans sa fidélité pour la
religion et pour ses rois, prit les armes pour les défendre, et ce fut avec
tout le courage que peuvent donner
de si grands sentimens.

Le clergé vendéen trouva l'heureux

secret d'exercer, dans les armées,
un ministère de paix et de charité;
après les combats, il se dispersoit sur
les champs de bataille, afin de consoler, d'administrer les mourans, d'enlever les blessés, de les charger sur
leurs épaules et de les porter dans
les hôpitaux. Il prodiguoit les mêmes
soins aux républicains, aux royalistes;
le malheur et la souffrance, en abo-
lissant tout esprit de parti, formoient,
pour eux, une amnistie sacrée. Le culte
n'étoit pas encore rétabli, le généreux
curé s'étoit vu forcé de quitter la
Vendée et de se réfugier à Coblentz,
où il fut suivi par une douzaine de ses
paroissiens : on persécutoit toujours
les prêtres, qui étoient encore obligés
de se déguiser. Il entendit parler d'un
village, à dix heues de Paris, dont les
habitans avoient conservé la foi et
désiroient avec ardeur le rétablis-
sement du culte; il s'y rendit, ima-

ginant qu'il seroit là plus utile que
dans la Vendée. Son escorte ven-
déenne voulut le suivre et, sous des
habits de paysans, ils se rendirent
tous dans ce même village; après
avoir examiné les dispositions de tous
les habitans, le curé se confia à plusieurs, qui lui demandèrent instam-
ment de leur dire la messe, et l'on
convint que ce seroit dans un petit
bois voisin. Dès le lendemain, au point
du jour, on s'y transporta ; on choisit
une espèce de petit bocage, très-
touffu, où l'on plaça un grand tréteau
de bois que l'on avoit apporté, qui
servit d'autel et sur lequel on mit un
crucifix. Ce fut là que notre excellent
pasteur dit mystérieusement la messe
pendant plus de cinq semaines ; enfin
quelques indiscrétions firent connoître ce pieux secret. Il y avoit, près
u village, une garnison de soldats
républicains ; trois d'entre eux, ar-

dens jacobins, voulurent, par dérision
et pour s'en moquer, assister au saint
sacrifice; c'étoient les trois plus mauvais sujets du régiment; l'un d'eux,
surtout, étoit parvenu à un tel degré
de scélératesse, que très-naturellement il confondoit une atrocité avec
une espiéglerie. Quand le prêtre et
les assistans furent entrés dans le
bosquet, les soldats s'en rapprochè-
rent et, regardant à travers le feuillage, le soldat le plus dépravé dit
tout bas aux autres, en leur montrant
le curé : *Je vais lui jouer un bon tour;*
en disant ces paroles, il le vise, passe
le bout de son fusil à travers les feuilles et, au moment où le prêtre tourne
le dos aux assistans, il tire son coup
de fusil en étouffant de rire ; il lui lance
une balle dans les reins ; le curé
tombe, prêt à devenir victime au lieu
de sacrificateur, et les assistans veulent se précipiter hors du bocage, afin

de le venger; le curé retrouve des forces pour défendre son assassin : arrêtez, mes frères, leur crie-t-il, arrêtez;.... notre Dieu n'est-il pas mort pour nous, et, en expirant, n'a-t-il pas prié pour ses bourreaux? Associez-vous donc à mon bonheur de pouvoir l'imiter dans ce moment; en prononçant ces mots, il retombe et s'évanouit; ses amis volent à son secours, et, voyant qu'il respire encore, ils ne songent plus qu'à l'emporter de ce lieu funeste ! Pendant ce temps, les soldats s'étoient évadés. Des soins assidus et tous les secours de l'art rendirent à la vie la victime de la fureur révolutionnaire; mais il lui resta, pour toujours, une foiblesse et des douleurs de reins qui le mirent dans l'impossibilité de marcher, désormais, sans béquille et sans l'appui d'un bras. Il éprouva une grande consolation, celle de voir la restauration de la religion et par conséquent du culte. Alors il obtint la cure du village où il étoit aussi révéré qu'il méritoit de l'être. Peu de jours après, il fut demandé, à l'hôpital, par un soldat malade et mourant, qui, de lui-même, vouloit se confesser; il y courut avec empressement; mais quelle fut sa surprise lorsque ce soldat converti lui dit, avec l'expression la plus touchante de douleur et de repentir, qu'il étoit le misérable qui lui avoit tiré le coup de fusil, et que Dieu lui avoit fait la grâce de reconnoître l'énormité de son crime. Le curé admira la Providence; il remercia le Seigneur, qui lui procuroit la satisfaction de pardonner dans l'éternité; et, du fond de l'âme, il lui donna l'absolution. Ce fut un mois après cet événement que je fus recueilli par lui.

Ici finit le récit du jeune curé, dont

les voyageurs furent profondément édifiés ; on leur remit le petit cahier contenant l'*histoire du chêne*. Nelgis, fatigué, se coucha sur-le-champ , laissant le manuscrit entre les mains du marquis et de la marquise , qui promirent de le lui renvoyer le lendemain matin.

FIN DE LA PREMIERE PARTIE

DEUXIÈME PARTIE.

CHAPITRE PREMIER.

Histoire du chêne-chapelle.

A sept heures du matin, Nelgis, recevant le petit manuscrit, l'ouvrit, et lut ce qui suit :

. . . .

Je pris une diligence qui s'acheminoit vers Allouville, et j'y arrivai sur le soir. Le lendemain de grand matin, je me fis conduire au *chêne-chapelle*. Une dame pélerine y étoit déjà, et si occupée de ses prières, qu'elle ne retourna même pas la tête au bruit que je fis en arrivant. Je m'agenouillai à quelques pas de l'arbre, et je con-

13.

templai avec édification cet arbre fameux, auquel il semble que la piété ait donné une âme [1].

[1] « Il existe à Allouville, dans le pays de Caux, département de la Seine-Inférieure, un chêne très-remarquable, que les voyageurs, qui aiment à contempler comme à interroger les débris des siècles passés, s'empresseront de visiter Parmi les monumens vivans, il en est peu d'aussi dignes d'attirer l'attention que *le chêne-chapelle* qui est près de l'église et dans le cimetière du village d'Allouville ; nous en avions plus d'une fois entendu parler, mais d'une manière vague. Nous avons été surpris, après l'avoir attentivement examiné, qu'un arbre, aussi remarquable par sa grosseur que par sa vétusté, soit aussi peu connu.

» La circonférence du chêne est de onze mètres au-dessus des racines (trente-trois pieds); à hauteur d'homme, elle est de huit mètres et demi, son élévation ne répond nullement à sa grosseur, c'est en largeur que s'étend surtout sa cime. D'énormes branches, croissant du tronc à deux mètres et demi de sa base, s'étalent horizontalement de manière à couvrir de leur ombrage un vaste espace.

» Le tronc, depuis les racines jusqu'au sommet, présente une forme conique très-prononcée,

Cependant la pélerine me causoit quelques distractions par ses soupirs et ses larmes. Je compris , aux dé-

dont l'intérieur est creux dans toute sa longueur; plusieurs ouvertures donnent accès dans cette cavité.

» Toutes ses parties centrales étant détruites depuis long-temps, ce n'est que par les couches extérieures de son aubier que subsiste aujourd'hui ce vieil enfant de la terre, encore plein de vigueur, paré d'un épais feuillage et chargé de glands pédonculés.

» Tel est le chêne remarquable d'Allouville, considéré dans son état naturel. La main de l'homme s'est efforcée de lui imprimer un caractère plus intéressant encore, d'ajouter un sentiment religieux au respect qu'inspire naturellement la vieillesse.

» La partie inférieure de la cavité a été transformée en une chapelle d'environ six pieds de diamètre, soigneusement lambrissée et marbrée ; l'image de la Vierge décore l'autel ; une porte grillée clôt cet humble sanctuaire.

» Au-dessus de la chapelle, et fermée de même, est une petite chambre, habitation digne de quelque nouveau cénobite ; on y est conduit par un petit escalier qui tourne autour du tronc.

» Le sommet de ce chêne, couronné depuis

monstrations de sa douleur, que le but
de son pèlerinage étoit d'obtenir, du
consolateur suprême, une parfaite ré-

bien des années, et qui offre, au point où il se
termine, le diamètre d'un très-gros arbre, re-
vêtu de bardeaux et couvert d'un toit en pointe,
forme un clocher surmonté d'une croix de fer,
qui s'élève d'une manière pittoresque du milieu
du feuillage, comme celui d'un antique ermitage
au-dessus du bois qui l'environne.

Les crevasses que présentent diverses parties
de l'arbre sont, de même que le clocher, exactement recouvertes de bardeaux qui, en rempla-
çant l'écorce, contribuent sans doute à sa conser-
vation.

» Au-dessus de l'entrée de la chapelle, on lit
cette inscription :

» *Érigée par M. l'abbé du Détroit, curé d'Allouville, en l'année* 1796.

» Au-dessus de la porte supérieure, on lit encore :

» *A Notre-Dame-de-la-Paix.*

» A certaines époques de l'année, la chapelle
du vieux chêne sert aux cérémonies du culte.

» L'église d'Allouville, qui est à côté, paroît
peu ancienne; le vieux chêne l'a sans doute vue
tomber et s'élever plusieurs fois. On ne sauroit
donner moins de huit à neuf cents ans à ce mer-

signation à un malheur irréparable
sur la terre; ce qui étoit en effet :
elle venoit de perdre un fils unique,
âgé de six ans. Elle étoit fort jeune encore ; elle n'avoit que vingt-quatre
ans. L'*arbre-chapelle* me parut le monument religieux le plus vénérable
que j'eusse jamais vu, puisque Dieu
même en étoit l'architecte. J'étois en

veilleux produit de la nature. Peut-être, dans sa
jeunesse, a-t-il prêté son ombre aux compagnons
de Guillaume, sé rassemblant pour aller conquérir l'Angleterre ! Peut-être encore le *Trouvère*
normand, de retour de la première croisade,
a-t-il chanté plus d'une fois, à ses compatriotes
émerveillés, les exploits de *Godefroy* et de *Ray-*
mond !

» Monument à la fois de la nature, de l'art,
de la piété, il mérite à tous égards, de la part des
curieux, l'espèce de pélerinage que nous y avons
fait nouvellement.

» . . . . »

Cette note est tirée de la feuille périodique intitulée. *l'Economiste, ou le médecin du peuple,*
journal de santé et d'économie domestique et
rurale, par une société de médecins.

face de l'ouverture, et je vis que l'intérieur en étoit fort orné. J'aperçus quelques petits bijoux suspendus en *ex-voto*, et que tous les bons paysans de ce lieu respectoient unanimement; ce qui rappelle un trait historique bien glorieux pour cette même province. tout le monde sait qu'un de ses ducs (Rollon) fit suspendre à un chêne des bracelets d'or, et que personne, durant tout son règne, n'osa y toucher [1].

J'étois toujours à genoux à ma place, lorsque je vis la pélerine se lever ; elle tira de son sein une espèce de petit tableau, fait en cheveux, représentant un arbre desséché, par conséquent dépouillé de ses feuilles; ces mots étoient écrits au pied de l'arbre : *C'est une relique, et mon bien le plus précieux, que je dépose ici !...*

[1] Cette même épreuve fut renouvelée en Angleterre, avec le même succès, sous la domination d'*Alfred-le-Grand*.

On devine que ce don, qui fut pour elle
un véritable sacrifice, étoit fait avec
les cheveux de son enfant. Avant de
s'en séparer, elle le baigna de larmes.
O mon enfant! s'écria-t-elle, ô toi,
cher ange, désormais inaccessible à la
douleur, pour assurer notre réunion,
intercède sans cesse pour ta malheureuse mère!... En disant ces paroles
d'une voix entrecoupée, elle se retourna, et je vis son visage inondé de
pleurs et d'une beauté céleste. Elle
s'avança vers moi en me demandant
si j'étois prêtre et si j'avois les pou-
voirs ; je lui répondis que j'en avois
apportés, parce que tout prêtre devoit
s'en munir lorsqu'il alloit à un pélerinage du pays, afin de s'y rendre aussi
utile qu'il peut l'être. Alors, reprit-
elle, quand vous aurez fait votre prière
dans la chapelle, daignez m'écouter
quelques momens ; je vais vous attendre à la place que vous allez quitter,

et quand vous m'appellerez, j'irai vous
rejoindre. J'obéis en silence, et j'entrai dans l'arbre. Au bout d'un moment, je lui fis signe de venir ; elle accourut aussitôt, elle se remit à genoux, et je la confessai. Dès que sa
confession fut terminée, elle se releva,
et me quitta pour retourner à son auberge. Une demi-heure après, j'enten-
dis marcher ; je me retournai, et je vis
s'approcher un homme, jeune encore,
qui me retint pour me demander si
j'avois vu une femme qu'il me dépei-
gnit, et que je reconnus pour l'infortunée pélerine. Je lui contai tout ce
qui venoit de se passer entre elle et
moi. Hélas ! s'écria-t-il, cette jeune
personne est ma femme ; et malgré ses
vertus, ses charmes et sa pureté, je
l'ai rendue très-malheureuse. Elle
m'aimoit, et je n'étois pas digne d'un
tel bonheur ; elle n'a trouvé en moi
que la plus complète ingratitude, un

odieux abandon, des infidélités conti-
nuelles. Cependant, j'aimois notre enfant, et je fondois sur lui de grandes
espérances d'ambition. Jugez de ma
surprise et de ma douleur, lorsqu'en
revenant d'un petit voyage, j'appris
qu'il n'existoit plus depuis trois jours,
et que sa mère venoit de partir pour le
pélerinage d'Allouville. Ce déplorable
événement me rendit tout à coup le
sentiment de mes devoirs, et je compris que, pour recouvrer tous mes
droits sur un cœur que j'avois si cruellement aliéné contre moi, il falloit
commencer par revenir à la religion,
seul garant véritable de la fidélité con-
jugale..... Mais, continua-t-il en s'in-
terrompant lui-même, venez à cette
même place où vous avez reçu les
douloureuses confidences d'une âme
aussi pure qu'elle doit être ulcérée ;
venez entendre les honteux aveux du
plus coupable de tous les pécheurs ;

je ne puis m'offrir à ses yeux qu'après avoir comparu au tribunal de la pénitence.....

Il cessa de parler, et je rentrai avec lui dans la chapelle du chêne : là, je reçus sa confession, qu'il fit avec les plus grands sentimens de repentir. J'allois ensuite m'éloigner, mais il m'arrêta, en me disant qu'il désiroit que je fusse témoin de sa première entrevue avec sa femme, et je l'accompagnai jusqu'à son auberge, où, sans dire son nom, il se contenta de la demander : on nous conduisit à son appartement; il entra le premier, et nous la trouvâmes tristement assise dans un fauteuil, lisant *les Consolations de la philosophie* (chrétienne), de Boëce ¹. Il se jeta à ses pieds en

---

¹ Boëce fut, sous le Bas-Empire, un chrétien catholique, qui parvint par son mérite aux plus hautes dignités, et qui ensuite, pour n'avoir pas voulu embrasser l'arianisme, protégé par un em-

pleurant ; elle tressaillit en l'apercevant , et avec le ton et le regard le plus

pereur hérétique, fut dépouillé, proscrit, mis en
prison, et dut enfin la palme du martyre à sa
glorieuse persévérance. Il composa en vers et en
prose,dans sa prison, les *Consolations de la philosophie*, que traduisit en langue saxonne Alfred-
le-Grand. Nous en avons une traduction du temps
de Louis XIII, mais très-mal écrite ; d'ailleurs, la
fiction de l'ouvrage ne vaut rien, surtout dans un
esprit chrétien, où la philosophie personnifiée
sera toujours très-ridicule. Il est vrai que ce n'est
nullement la philosophie de nos jours, et qu'au
lieu d'être impie, inconséquente et séditieuse, elle
est constamment religieuse, sage et morale. Mais
l'ouvrage est rempli des plus belles pensées , que
l'on n'a point pillées, parce qu'en général , étant
ennuyeux, il a été fort peu lu, qu'il est tombé
dans l'oubli, et qu'on ne le trouve plus dans le
commerce : il mériteroit bien que l'on en fît une
nouvelle traduction , écrite avec soin, et précédée
d'une vie de Boèce, qui pourroit être, sous une
plume exercée, aussi attachante qu'elle fut glorieuse.

La femme et la fille de Boèce furent aussi des
personnages extrêmement remarquables. On
pourroit faire sur ce même sujet une tragédie,
un drame et un roman historique.

doux : Ah! dit-elle, je puis bien vous
aimer encore, mais vous ne pouvez
plus me consoler! Ce mot si touchant
achèva la conversion du vicomte de Ri-
gny (c'est ainsi qu'il s'appeloit). La ré-
conciliation fut également sincère de
part et d'autre, et j'ai eu la satisfaction d'apprendre depuis que ces deux
époux ont toujours vécu dans la plus
édifiante union, et que le Ciel les a
dédommagés de la perte de leur enfant, en leur accordant un autre garçon, qui, n'ayant jamais reçu que de
bons exemples, fait aujourd'hui leurs
délices.

Mais revenons à notre pélerinage
En quittant les deux époux, que je
laissai dans leur auberge, je retournai
au chêne-chapelle, et je m'y enfermai
pour y passer la nuit. J'étois fatigué;
je m'endormis d'un profond sommeil
à trois heures après minuit. Je fus ré-
veillé en sursaut, à sept heures , par

des chants funèbres : c'étoit un enter-
rement!..... Ainsi, cet arbre, dont
la durée surpasse toute existence humaine, semble n'être placé dans cet
asile de la mort que pour mieux nous
faire sentir la fragilité, le néant de la
vie ! Que de familles, que de générations se sont éteintes autour de lui!..
que de larmes ont coulé dans l'étroite
enceinte qu'il occupe!... Hélas! le
plus grand malheur de l'extrême
vieillesse est celui d'avoir été souvent témoin de ce triste spectacle!...
Je restai encore à Allouville plus de
trois semaines après le départ du vicomte et de la vicomtesse. Il m'étoit
si doux de voir arriver des pélerins
de toutes parts, après avoir gémi si
long-temps sur l'impiété, source de
nos malheurs! je trouvois tant de
charme à contempler ce rétablisse-
ment de la religion, et à voir nos
pélerins se presser dans l'arbre et

l'entourer avec une ferveur atten-
drissante ! mais je remarquai, avec
peine, que presque tous nos pélerins étoient des villageois. Les cita-
dins pensent, en général, qu'il y a
de la *force d'esprit* à ne pas croire
aux miracles des pélerinages, comme
si nous n'étions pas entourés de miracles que nous ne pouvons révoquer
en doute, et que ce que nous appelons le *génie le plus transcendant,*
n'explique pas mieux depuis le commencement du monde, que l'esprit
le plus borné ne le sauroit faire. Les
philosophes nous répètent sans cesse
que la *raison* ne nous a été donnée
que pour en faire usage, et pour ne
croire que ce qu'elle approuve. Depuis que l'on débite des absurdités,
on n'en a point dit de plus fortes et
d'aussi palpables que celle-ci. Sans
doute la raison nous est donnée pour
juger, mais uniquement dans les cho-

ses morales, et qui ont rapport à nos
principes et à notre conduite ; aussi
tous les commandemens, tous les
préceptes évangéliques sont-ils à la
portée de tout le monde, et c'est tout
ce qui nous est nécessaire. D'ailleurs,
Dieu, qui exige de nous la confiance
et la foi, qui sont bien dues à la
toute puissance bienfaitrice, nous en
rend facile l'exercice, en nous en-
tourant de prodiges qu'il nous est
impossible de concevoir : l'athée
même est forcé de croire au plus
grand de tous ; car, refusant de reconnoître un Dieu, il est obligé de
croire que la matière est éternelle,
c'est-à-dire qu'elle n'a jamais eu de
commencement et qu'elle n'aura jamais de fin, et rien, assurément, ne
peut répugner davantage à son orgueilleuse *raison*, et d'autant mieux,
qu'en méconnoissant la divinité qui
se montre en toutes choses dans la

nature, il faut, de plus, qu'il admette une matière intelligente.....
Il en coûteroit infiniment moins à la raison de croire en Dieu.

Je partis d'Allouville, bien étonné d'une chose qui mérite d'être remarquée, c'est que cet arbre merveilleux, qu'un prêtre et la piété transformèrent en chapelle, ait pu échapper à la rage impie des révolutionnaires Son existence actuelle est un véritable miracle [1].

[1] L'auteur du *Christianisme dévoilé* (Damila ville) a écrit qu'*on peut opposer aux miracles de Moïse et de Jésus-Christ les prodiges que Mahomet opéra*, dit-il, *aux yeux de la Mecque assemblée*. Il n'y a qu'une difficulté, c'est que, selon l'Alcoran même, et de l'aveu de Mahomet, ce nouveau législateur ne fit aucun miracle, et, pour s'en excuser, il disoit que Moïse et Jésus-Christ en avoient fait pour lui.

CHAPITRE II.

Départ du presbytère.

NELGIS, après avoir lu le manuscrit, s'habilla et descendit pour le déjeuner, qui fut très-frugal, mais fort au gré des voyageurs, qui n'étoient nullement *gastronomes*.

Après le déjeuner, le marquis conseilla Bléval de leur faire la lecture de la nouvelle historique intitulée : *la comtesse de Valangin, ou la reconnoissance ingénieuse, ou nul pas perdu, ou la courbature sublime*. L'abondance des titres et leur singularité firent rire Nelgis. Deux titres aujourd'hui, dit le marquis, sont de rigueur ; mais l'auteur en a mis quatre, afin de prouver, dès la première page,

la *grandeur* et la beauté du sujet. A
ces mots, Bléval, pressé de commencer, fit à haute voix la lecture suivante :

. . . .

. . . .

Rien n'est doux comme l'empire d'une
femme [1]; l'adroite insinuation manque presque toujours à la politique

[1] Ce trait est tiré d'un petit journal hebdo-
madaire, intitulé: *l'Intrépide*, fait, il y a douze ou
quinze ans, par l'auteur de cet ouvrage, qui le
donna à un homme que de très-mauvaises affaires
forcèrent, au bout de huit mois, d'abandonner
subitement la France. Comme il fournissoit les
fonds, le journal cessa tout à coup à son départ
Ayant, pour le peu de temps, un grand nombre
d'abonnés, deux autres hommes se présentèrent
pour le continuer ; mais l'auteur, n'ayant à ce
journal aucune espèce d'intérêt pécuniaire, n'y
voulut plus travailler: il n'en fut plus question
On y trouvoit des lettres d'un jeune homme gai,
léger, dissipé, qui eurent surtout du succès.
Voici un fragment de celle qu'il écrivoit à son
ami, en lui envoyant la petite histoire de la
comtesse de Valangin :

des hommes, et leur humanité n'a
presque jamais les formes touchantes
qui la font chérir ; les femmes seules
savent tirer de l'habileté les avantages les plus utiles ; si elles trompent,
c'est avec plus d'art ; si elles sont
équitables et généreuses, c'est avec
plus de charme. Elles aiment mieux
devoir la puissance à la séduction qu'à

« . . . .

Voici donc ma nouvelle : tu remarqueras que
tout y est pur, moral, touchant et neuf; les incidens, les caractères, tout y porte le *cachet* de
l'originalité, et le dénouement en est à la fois
surprenant et naturel. Ceci me servira de préface; et, quand je la ferai imprimer, je tâche-
rai d'y mettre un peu moins de modestie, pour
me conformer à l'usage, presque universel,
suivi par les auteur modernes. J'ose croire que
ma *courbature sublime* t'inspirera plus d'intérêt
et d'indulgence que mon fameux roman manuscrit en trois volumes, que tu veux que je ré-
duise en deux; tu ne trouveras point de *divaga-*
tions dans ma nouvelle; je sais fort bien suivre
mon chemin dans les petits sentiers, parce que
j'y suis attentif; je ne m'égare que dans la grande

la force, et le désir de plaire et la vanité peuvent être en elles les supplémens de la bonté. Il y a toujours de la douceur dans leur dépendance; elles ne croient régner que lorsqu'elles se font adorer; que peut-on désirer de mieux dans ceux qui gouvernent?

٭oute. La ligne droite n'est bonne que pour la probité; mais, en littérature et en sentiment, elle m'ennuie : je la quitte sans scrupule et souvent même s'en m'en apercevoir. . . . .

Tu m'as souvent reproché les extravagances que les femmes m'ont fait faire; cependant ce goût en moi est quelquefois très-vertueux; il s'étend jusqu'aux vieilles femmes; quand elles ont de la douceur, de la gaieté, de l'esprit et de la mémoire, je les aime à la folie, surtout quand je sais qu'elles ont été jolies; elles sont pour moi des ruines vivantes, beaucoup plus intéressantes qu'une tour gothique ou un cirque délabré; elles m'amusent; elles me font faire des réflexions les plus philosophiques : je cherche en elles les traces de leurs agrémens et de leur ancienne beauté, et je devine ou je fais le roman de leur jeunesse. J'ai le talent de leur plaire, elles me prêchent avec grâce; je les écoute avec un air attentif et persuadé. Quand elles n'ont

Le comté de Valangin, dans le canton
de Ruz, fut heureux et florissant
pendant une longue suite d'années,
sous les lois du comte de Châlons,
seigneur de ce beau pays dont il porta
le nom : son équité et ses vertus méri-
toient la vénération publique ; cepen-

plus d'adorateurs, elles aiment à faire des conversions, elles se passionnent pour les disciples
et les prosélytes : ce sont encore des conquêtes ;
c'est encore un empire!... Elles sont charmantes!.. Je suis sûr que tu penses, dans ce moment, que s j'eusse vécu du temps de Ninon,
je l'aurois adorée dans sa caducité. eh bien! tu
te trompes ; je suis très-délicat en vieilles femmes.
Ninon auroit pu facilement me séduire dans ses
beaux jours ; mais cette femme, qui se piquoit
de n'avoir que les sentimens d'un homme, cette
femme qui ne connut jamais la pudeur et la timidité, et qui, durant toute sa vie, n'eut pour société que des hommes licencieux, cette courtisane, *esprit fort*, n'eût été à mes yeux, à qua-
tre-vingts ans, qu'*un vieillard* de mauvaise
compagnie. J'aimerois mieux une vieille prude ;
du moins, dans son affectation de modesti ect
de beaux sentimens, dans ses artifices, il y auroit quelque chose de féminin. . . . . . .

dant il étoit sévère, hautain, peu po
pulaire; ses vassaux l'estimèrent, l
craignirent, mais il ne fut poin
aimé; il mourut dans un âge très
avancé; sa veuve se trouva seule sou
veraine du comté de Valangin, et
bientôt son affabilité, sa douceur, sa
bienfaisance lui gagnèrent tous les
cœurs. Elle étoit vieille, mais elle a-
moit la jeunesse et les enfans. Quand
l'année de son veuvage fut passée
son château devint, les jours de fête
les rendez-vous de toute la jeunesse
du voisinage; on y dansoit, on s'y
exerçoit à la course, on y tiroit de
l'arc. La comtesse donnoit des prix,
des festins; elle faisoit des présens
aux enfans, toujours invités à ces réjouissances, et les troupes villageoises sortoient du château, pénétrées
d'amour et de reconnoissance pour
celle qui les accueilloit avec tant de
grâce et de cordialité. La comtesse,

quoiqu'elle eût soixante-dix ans, aimoit beaucoup la promenade à pied;
elle étoit fort leste pour son âge,
d'une taille élevée et bien faite encore; l'un de ses plus grands plaisirs étoit celui de faire de longues
courses dans les environs. Quand elle
traversoit les champs, les paysans
accouroient pour la voir passer, les
enfans venoient l'entourer, et elle
entendoit chacun se récrier sur sa
démarche légère et sur son air de jeunesse; elle recueilloit ces éloges avec
un plaisir secret, elle sourioit de la
naïveté de ces bonnes gens; cependant ces louanges n'étoient pas aussi
simples qu'elle le croyoit; on savoit
bien qu'elle n'y étoit pas insensible,
et on les répétoit pour qu'elle les
entendît. Un peu de flatterie se glisse
partout, et partout elle est excusable,
lorsque, fondée sur quelque vérité, elle
n'est que l'exagération de la gratitude.

La comtesse alloit souvent au village de Chezard, voisin du château,
et la famille qu'elle y aimoit le mieux
étoit celle d'un paysan nommé *Grand-
Pierre*. Il avoit quatre enfans, trois
garçons de seize, dix-sept et dix-neuf
ans, et une jolie petite fille de huit
ans, appelée Guillemette, parce
qu'elle étoit filleule de la comtesse,
qui avoit une affection particulière
pour cette enfant, qu'elle alloit souvent chercher pour la mener dans les
bois avec elle. Un jour, dans une de
ces promenades, la comtesse, voulant
enjamber un petit fossé, tomba et s'é-
corcha la jambe; Guillemette pleura;
la comtesse la consola, en l'assurant
qu'elle ne souffroit point, et que ce
mal n'auroit aucune suite fâcheuse.
La comtesse le crut en effet, ne se
ménagea point, continua ses courses,
et son mal s'envenima tellement,
qu'il devint une plaie inquiétante;

alors, ne pouvant plus marcher, elle
fut obligée de se mettre au lit. On fit
venir, de la ville prochaine, un médecin et un chirurgien qui la pansèrent,
et qui trouvèrent son mal très-sérieux.
Au bout de trois semaines, ils an-
noncèrent que la guérison seroit excessivement longue, et que même il
étoit probable que la comtesse ne
ourroit désormais marcher sans
béquille. Cependant Grand-Pierre
s'étoit présenté plusieurs fois au château, pour offrir d'administrer à la
malade un remède en topique, composé de plantes des montagnes du
pays. Cette recette domestique étoit
un secret de famille qu'il tenoit de
ses aïeux. Les ancêtres des nobles
leur laissoient de vieux parchemins,
et souvent ceux des paysans leur lè-
guent des recettes admirables qui con-
ervent ou qui rendent la santé; il est
rès-commun de trouver parmi eux

15.

cette espèce de pierre philosophal,
rustique, cette panacée champêtr
qui se découvre sans alambic et san
creuset, et dont les effets salutaires
sont merveilleusement secondés par la
modération des désirs, le travail et l
tempérance : le bon Grand - Pierr
la possédoit ; mais il fut repoussé du
château, et les gens de l'art qui avoient
épuisé vainement toute leur science,
n'en furent pas moins dédaigneux pour
celle du paysan. La maladie dura trois
mois ; le chirurgien la déclara incura-
ble, se fit bien payer, et quitta le
château ainsi que le médecin. Grand-
Pierre choisit ce moment pour y retourner encore : lorsqu'on a été la
dupe des médecins, on consent volontiers à risquer de l'être encore des
empiriques et des charlatans ; on y
gagne du moins de prolonger l'espérance. Grand-Pierre, pour cette fois,
fut écouté ; il apporta son topique, le

posa lui-même sur la jambe de la malade, et, pendant quinze jours, il
vint régulièrement la panser soir et
matin : son triomphe fut complet; il
la guérit radicalement, et bientôt la
comtesse fut en état de se lever et de
marcher sans aucun secours. Sa joie
fut proportionnée au chagrin qu'elle
avoit ressenti en pensant qu'elle ne
pourroit plus se promener à pied : elle
voulut donner au villageois ce qu'on
pourroit offrir aujourd'hui, dans ce
cas, aux Alibert, aux Dupuytren, aux
Richerand, aux Dubois, aux Boyer,
etc., et Grand-Pierre la refusa. Non,
dit-il, j'aime mieux un bienfait qui
ne vous coûtera pas tant d'argent, et
qui s'étendra sur toute ma race : le
terrain qui fait tout mon bien est ingrat; diminuez-moi la dîme, car il
n'est pas juste que je paye autant que
ceux qui ont une terre plus fertile;
accordez-moi donc, pour moi et mes

descendans à perpétuité, de ne paye
la dîme qu'à la vingt-deuxième gerbe
Volontiers, dit la comtesse en sou
riant; payer *le dixième à la vingt
deuxième gerbe !* Il y a un peu de con
trariété entre les mots de ta demande;
mais au fond elle est équitable, et je
te l'aurois accordée avant le service
inestimable que tu m'as rendu. Vous
nous donniez tant de choses durant
toute l'année, répondit Grand-Pierre,
que je n'aurois jamais osé vous faire
une telle prière. Eh bien ! reprit la
comtesse, l'acte que tu désires sera
fait en bonne forme, et je le signerai;
mais j'y veux ajouter de plus un don de
reconnoissance. Je te dois la faculté
de marcher, et je te consacrerai ma
première promenade; tu y viendras
avec moi; nous partirons de la borne
de ton champ, et tout le chemin que
je pourrai faire dans cette journée

---

¹ Historique.

(sans m'excéder de fatigue), tout le terrain que je parcourerai sera réuni au tien, avec la même diminution de dîme. Je n'entreprendrai point de décrire les transports de Grand-Pierre et de toute sa famille. On attendit que la comtesse fût parfaitement rétablie, et qu'elle eût repris toutes ses forces : c'étoit l'intérêt de tout le monde; enfin, le grand jour fut fixé; on étoit à la fin du printemps; le ciel sembla favoriser cette bienfaisance, également *active* et ingénieuse; l'air étoit calme et serein; le temps, un peu couvert, paroissoit fait exprès pour l'agrément d'une longue promenade.

La comtesse partit du château à sept heures du matin; arrivée à la chaumière de Grand-Pierre, elle y trouva un brancard orné de feuillages et de fleurs, qui, porté par les deux enfans aînés de Grand-Pierre, devoit la suivre pour la ramener au château

à la nuit tombante. Guillemette et
Jeannot, le plus jeune de ses frères,
l'accompagnèrent à pied, et Grand-
Pierre lui donna le bras. Ainsi escor-
tée, elle commença gaiement sa bienfaisante promenade ; jamais on ne
l'avoit vue d'aussi bonne humeur, jamais elle n'avoit marché avec tant de
plaisir ; chacun de ses pas étoit un
don ! il lui sembloit qu'elle retrouvoit
ses jambes de quinze ans; la joie naïve
de la petite famille mettoit le comble
à la sienne. Grand-Pierre et ses enfans jetoient les yeux avec délices sur
les champs qu'ils alloient parcourir;
ils marchoient en pays de conquête,
et cette entreprise ne devoit faire couler que les larmes de la reconnoissance!
A neuf heures, on s'arrêta à l'entrée
d'un petit bois, et la comtesse, à sa
grande surprise, aperçut une jolie
feuillée, où Grand-Pierre la fit entrer;
elle y trouva des fruits et de la crême;

elle déjeuna, se reposa une heure et demie, et ensuite elle se remit en marche. D'heure en heure, on la forçoit de s'asseoir, quoiqu'elle répétât toujours qu'elle n'étoit point fatiguée. Néanmoins, sur les quatre heures, on s'aperçut qu'elle se ralentissoit, qu'elle parloit moins et qu'elle étoit un peu essoufflée; aussitôt Grand-Pierre lui proposa de terminer sa course, en ajoutant qu'il étoit bien assez riche, et qu'il ne désiroit rien de plus. Mais Guillemette, apercevant à cent pas une prairie émaillée de violettes et de primevères, conjura la comtesse de faire un petit effort pour aller jusque-là. La comtesse répondit que son intention étoit de ne s'arrêter qu'au déclin du jour. A ces mots, Guillemette transportée, courut vers la prairie pour en prendre possession quelques minutes plutôt, et Jeannot, son petit frère, la suivit. Arrivée dans

la prairie, la comtesse y reçut des bou-
quets que les enfans lui offrirent avec
une joie naïve qui ranima toutes ses
forces, du moins pendant une demi-
heure. Au bout de ce temps, elle se
trouva si lasse, que d'elle-même elle
s'assit au pied d'un chêne. Grand-
Pierre renouvela avec instance la proposition de retourner au château; la
comtesse résistoit faiblement; Grand-
Pierre ordonnoit à ses deux fils aînés
de s'approcher avec le brancard, lorsque Jeannot, qui voyoit à peu de distance des pommiers en fleurs, prit de
nouveau sa course, malgré les cris de
son père qui le rappeloit et le grondoit. Jeannot atteint un pommier avec
la légèreté d'un oiseau; il grimpa sur
cet arbre, objet de son ambition, et,
parvenu au sommet, il se tourne vers
la comtesse en lui tendant les bras.
Allons, dit la comtesse en se levant
avec effort, il faut lui donner ces pom-

miers ! Le généreux Grand-Pierre
s'opposa vainement à cette résolution,
en se récriant sur l'ambition insatiable de Jeannot. La bonne dame de Valangin, clopin-clopant et presque hors
d'haleine, se traîna jusqu'aux pommiers, et le victorieux Jeannot descend
de l'arbre avec impétuosité, vient tomber à ses pieds, tandis que Guillemette
se jetoit dans ses bras. Ah ! c'est moi,
s'écria Grand-Pierre tout en pleurs,
c'est moi qui dois être pour le reste de
mes jours aux genoux de notre bonne
dame! Mon Dieu ! poursuivit-il en joi-
gnant les mains et en élevant les yeux
au ciel, bénissez-là comme elle le mérite, puisque nous ne pourrons jamais
la remercier assez !...... Ah ! dit la
comtesse, je ne suis plus lasse ; allons,
continuons !..... En disant ces paroles,
elle voulut avancer, et non-seulement
Grand-Pierre, mais les enfans l'en-
tourèrent. Guillemette et Jeannot,

en se donnant la main, formèrent autour d'elle une barrière qu'elle ne put faire fléchir ; d'ailleurs il étoit près de six heures et demie, et le jour commençoit à baisser ; ainsi la conquête des pommiers termina cette heureuse journée. On posa la comtesse sur le brancard, et on la porta en triomphe au château. Cette promenade valut à Grand-Pierre trente arpens d'une excellente terre, et à la comtesse une journée charmante et un souvenir délicieux. Elle se mit au lit en arrivant au château ; elle dormit dix heures d'un profond sommeil ; en se réveillant, elle dit : Ah ! que l'exercice est salutaire ! il me semble que je suis rajeunie de vingt ans !... Cependant, en se levant, elle s'aperçut qu'elle avoit une courbature ; mais, loin d'en souffrir, elle en ressentoit avec plaisir les légères douleurs. Ce mal donnoit plus de prix à l'action de la veille ; comme

les guerriers qui sont charmés de re-
cevoir quelques petites blessures, témoignage touchant de leurs exploits,
la comtesse s'enorgueillissoit de sa
courbature ; elle disoit : c'est la suite
de ma promenade de douze heures.
Pardonnons-lui cette petite vanité
secrète ; quand l'amour-propre n'a
pas été le motif d'une belle action,
trouvons bon qu'il ait quelque part à
sa récompense.

Grand-Pierre, qui venoit très-souvent voir la *bonne dame*, lui conta un
jour qu'un riche fermier, son voisin,
qui avoit toujours été *très-fier* avec
lui, recherchoit maintenant son amitié ; ce que je dois, ajoutoit Grand-
Pierre, à mon opulence et à mon bonheur ; enfin, il vient de me faire entendre qu'il seroit heureux d'unir nos
deux familles par le mariage de Françoise, sa fille unique avec l'aîné de mes
garçons. J'en suis charmée, s'écria la

comtesse; une noce manquoit à nos
réjouissances, et j'en donnerai le fes-
tin : ces paroles mirent le comble à la
joie de Grand-Pierre, qui s'empressa
de les aller répéter dans sa famille;
mais la comtesse fit bien plus; elle
donna à sa filleule Guillemette, une
belle croix d'or, et en outre elle lui
envoya une caisse remplie de toile, de
mousseline en pièces et de toutes les
choses nécessaires pour faire un beau
trousseau de villageoise : garde tout
cela, lui dit la comtesse; tu n'as que
huit ans; je n'existerai peut-être plus
quand tu te marieras; du moins tu
auras ton trousseau et la croix d'or,
comme si j'étois là, et, en attendant,
tu auras le temps de faire peu à peu
tes chemises, tes jupons et de tricoter
tes bas, et tu achèveras de bien per-
fectionner tes talens naturels pour le
tricot et la couture.

En effet, on n'avoit jamais vu, dans

tout le comté et même ailleurs, une
petite fille de huit ans travailler avec
tant de suite et d'application ; elle y
mit une telle ardeur que sans aucun
aide (car elle n'auroit pas voulu souffrir qu'une autre y fît un seul point),
le trousseau étoit presqu'entièrement
fini avant qu'elle eût atteint sa dixième
année.

La comtesse eut le plaisir de voir
marier sa chère Guillemette ; il est
vrai que Grand-Pierre s'empressa de
lui chercher un mari, et sa marraine
la conduisit à l'autel le jour même où
elle eut quinze ans, et ce n'est point
un mal ; à cet âge, on est trop jeune
encore pour que le cœur puisse parler, surtout au village où l'innocence
est communément prolongée ; alors
ce sont les parens qui choisissent, et,
en général, leur choix vaut mieux que
celui de l'inexpérience et de la fantai-
sie. La veille de son mariage, Guille-

mette se plut à étaler son trousseau,
l'ouvrage de ses mains industrieuses,
qu'elle montra avec orgueil à toutes
ses jeunes compagnes, et en louant,
avec une touchante effusion de cœur,
la générosité de sa marraine ; elle fut
toujours heureuse, parce que toujours
elle mérita de l'être ; qu'elle eut un
bon mari, pieux, sage, tempérant,
laborieux ; et qu'elle suivit fidèlement
les conseils de son père et ceux de sa
marraine.

La comtesse vécut assez pour voir
Guillemette devenir mère, et pour
avoir le plaisir de tenir aussi son enfant sur les fonts baptismaux. Elle
mourut octogénaire, chérie, révérée
de tout ce qui l'entouroit et de tous
ses voisins ; elle n'excita jamais l'envie,
quoiqu'elle eût toujours fait le bien de
la manière la plus ingénieuse ; elle ne
reçut point de lettres anonymes ; la
noire jalousie ne s'attacha point à la

poursuivre, à la .calomnier; on ne
fit point de libelles contre elle; elle
n'eut point d'ennemis; elle jouit constamment du résulat heureux des
grands talens unis à la bonté, qui
n'est autre chose que de se rendre
utile à tout ce qui nous approche et
aux infortunés; elle ne connut jamais
les inconvéniens (sans doute méprisables, mais toujours redoutés) qui
sont attachés à ces bienfaisans projets
et à cette noble conduite. Un seul mot
explique son bonheur à cet égard :
elle n'alla jamais dans le grand monde;
elle vécut et mourut dans une paisible solitude [1]. . . . . :

. . . .

[1] J'ai fait quelques changemens au dénouement,
en y ajoutant à peu près une page.

Dans le petit journal intitulé *l'Intrépide*, le
jeune voyageur qui conte à son ami cette histoire, la termine par les réflexions suivantes :
« Que dites-vous, sage Eugène, de cette nouvelle, dans laquelle, pour vous prouver que j'ai

Ah! s'écria Nelgis, c'est ainsi qu'il faudroit toujours vivre et mourir, ce qui pourroit m'arriver, du moins dans mes derniers momens, si je mourois ici.. Songez donc, interrompit

tous les genres, je n'ai mis ni passion, ni amour? Une vieille femme, des enfans, des champs, des chaumières, est-ce là de l'innocence? et ces tableaux ne sont-ils pas dignes de l'âge d'or? J'ai un peu brusqué le dénouement, parce que mon vertueux sujet commençoit à m'ennuyer; je m'en dédommagerai par une autre nouvelle d'un genre tout-à-fait différent; dans celle-ci, j'ai pris le *style tempéré*; dans celle que je vais faire, je prendrai le style de la haute éloquence : il sera plein de feu, d'énergie et de passion. Quand j'aurai fini cet ouvrage et une comédie de caractère en cinq actes, à laquelle je travaille à mes momens perdus, je crois que, sans présomption, je pourrai prétendre à une place à l'Institut; si, de plus, on exige une tragédie, j'en ferai une dans le genre *romantique*, ce qui, naturellement, affranchit de la peine de faire un plan et de s'abaisser à suivre ces vieilles règles dramatiques et routinières, qui n'étoient bonnes que pour le dix-septième siècle, et qui ne peuvent s'accorder avec *l'indépendance du génie*.

le marquis, à la douleur des amis
que vous laisseriez après vous !...
Je songe surtout, reprit Nelgis, à
la consolation si puissante qui leur
resteroit ; celle que donne toujours ,
dans toutes les situations , le souvenir
d'une vie pure et sans tache.

CHAPITRE III.

Fin du voyage.

Les voyageurs quittèrent la cure avec attendrissement et non sans promettre que lorsqu'ils voyageroient de ce côté, ils se détourneroient pour venir s'édifier dans ce presbytère : on exigea la même promesse de Nelgis, qui la fit en souriant. Lorsqu'ils furent dans la voiture : à mon âge, dit-il, on ne peut prendre sérieusement un engagement pour l'année prochaine; j'ai toujours devant les yeux l'exemple si frappant de la mort subite du vénérable abbé Papillon. — Il est mort en prêchant! — Oui, en Angleterre, dans l'église catholique de Saint-Georges, et en présence de

notre ambassadeur, le prince de Polignac, de sa suite et d'un nombreux
auditoire ; il prêchoit sur l'incertitude
et la brièveté de la vie ! Tout à coup
il s'arrête au milieu de son discours
et dans une attitude singulière.... ;
tout le monde est frappé de son profond silence et de son immobilité. Au
bout de trois ou quatre minutes, on
monte dans la chaire et on le trouve
expirant ! Les plus prompts secours
sont appelés, mais ils arrivent trop
tard ; le vénérable prêtre avait cessé
de vivre !.... Ce digne vieillard, d'un
caractère aimable et doux, étoit particulièrement connu du roi de France
et de la famille royale. Le sujet de son
sermon, dans cette circonstance, étoit
bien remarquable. Voici les derniers
mots qu'il a prononcés : « Combien
» notre temps n'est-il-pas précieux,
» dans cette vie, puisque nous ne
» sommes jamais sûrs du moment où

» nous serons appelés devant le trône
» du Tout-Puissant, pour y rendre
» compte de nos actions !.....[1] » —Il
est des morts subites à tout âge ; ainsi,
dans la jeunesse, l'âge mûr et dans
la vieillesse, on doit craindre également cette redoutable incertitude de
la mort. — Nous ne craignons naturellement (tant nous aimons à nous
flatter) que les dangers permanens,
c'est-à-dire, ceux que nous avons sans
cesse sous les yeux ; dès qu'ils sont
rares, nous n'y pensons jamais ; ils ne
nous causent aucun effroi. — La pré-
voyance n'est point une vertu naturelle
à l'homme ; l'expérience peut seule
la lui donner et une longue expérience,
dont les animaux même n'ont pas besoin, comme le montre le proverbe
qui dit : *Chat échaudé craint jusqu'à
l'eau froide.* — C'est que les animaux

---

[1] *La Quotidienne*, 20 août 1824.

n'ont point d'amour-propre ; la vanité, l'orgueil rendent si souvent inu-
tiles les leçons de l'expérience !.....
— Ce vice doit être en exécration aux
yeux de la divinité, car il a produit
et produit encore les plus grands désordres et les plus grands maux : la
rébellion des anges même, l'injustice
et la barbarie des conquérans, toutes
les iniquités de la guerre, celles des
haines et des vengeances nationales
et particulières ; la cupidité, l'osten-
tation, la médisance, les calomnies,
le goût extravagant des nouveautés,
quelles qu'elles soient, enfin l'impiété !...... — Et il ne faut pas croire
que l'orgueil ne puisse s'allier qu'avec
de l'imagination et de grands talens ;
au contraire, la supériorité, en quelque genre que ce puisse être, en pré-
serve communément, mais il est toujours le partage de la médiocrité
prétentieuse, et même aussi très-sou-

vent de la sottise et de l'ignorance
complètes. — Conçoit-on que l'individu qui ne sait rien, qui n'a ni talens,
même médiocres, ni instruction, qui
n'a jamais été gâté par les louanges
sur son esprit et son savoir, ou sur
la culture d'un art quelconque, est-il
croyable qu'une créature aussi insi-
gnifiante, aussi insipide à tous les
yeux, soit orgueilleuse ?..... Elle n'a
pas de quoi connoître combien elle
est inférieure à tout ce qu'elle rencontre. — Cependant on voit des sots
ignorans et modestes. — La bêtise
n'est jamais complète avec la modestie,
qui suppose toujours de la douceur
et un bon naturel, et alors on peut
toujours acquérir quelques lumières,
et une âme véritablement belle peut,
sans imagination, sans aucune saga-
cité, en donner de très-étendues ; c'est
un beau privilége de la bonté du
cœur, qui conduit toujours à la piété,

à la raison ; nous naissons tous avec
ce germe heureux fait pour supléer,
en tout ce qui est véritablement important, à la plus brillante organisa-
tion, mais que nous pouvons perdre
par la paresse et par une coupable
insouciance qui nous empêche d'en
profiter. Car comme le dit si bien saint
François de Sales : « Puisqu'on est
» obligé d'aimer le prochain, *il faut*
» *l'y aider* ».

Quand on y pensera bien, on trouvera que le vice est particulièrement
inepte, puisqu'il rend tel, en mille
occasions, les êtres les mieux organisés. Quoi de plus inepte que des
inconséquences grossières, qui ôtent
tout le prix et qui démentent toutes
les bonnes choses qu'on a pu dire?
— Il est certain que la religion n'admet aucune espèce d'inconséquence
dans les principes ; et c'est prescrire,
à cet égard, une utile et parfaite logi-

que, avec laquelle on ne peut jamais
être ou paroître sot ou borné ; car ce
qui constitue, avant tout, un esprit
véritablement supérieur, c'est une
suite non interrompue de bons raisonnemens, dérivant les uns des autres,
et c'est ainsi qu'ils forment un en-
chaînement irrésistible ; joignez à cela
l'imagination et la pénétration, vous
aurez *le génie*. Sans une stricte conséquence, les plus belles pensées
morales ne produiront que peu ou
point d'effet. On veut surtout estimer
le moraliste qui se charge de nous instruire, et jamais un écrivain inconsé-
quent n'obtient cet honneur, parce
que l'inconséquence, produite par le
désir de briller, d'étonner, de dire
des choses entièrement neuves et sur-
prenantes, jette nécessairement dans
le bizarre, le galimathias et l'absurde ;
quand on a de quoi être éminemment
brillant, il faut savoir être sage. Voilà

tout le secret des grands hommes en tout genre, dont le nom ne périra jamais. — En effet, soutenir le pour et le contre, n'est-ce pas évidemment déraisonner? Et qui peut écouter avec confiance celui qui n'a même pas assez de bon sens pour s'apercevoir qu'il extravague? — Le but de l'éloquence est de persuader; ainsi, les ouvrages remplis d'inconséquences ne sont jamais réellement éloquens, puisqu'ils ne sauroient persuader. — Et à l'exception de Voltaire, qui avoit une heureuse et invincible antipathie pour les galimathias, tous les auteurs sans principes en ont parsemé leurs écrits [1]. — Il seroit joli de faire une nouvelle dont tous les principaux personnages ne s'exprimeroient que dans

[1] J'ai cité, de plusieurs philosophes, et surtout de d'Alembert et de Diderot, des phrases si ridiculement inintelligibles que, certainement, eux-mêmes n'auroient pu les expliquer.

17.

ce langage philosophique , extrait fidèlement de leurs productions. —
Cela seroit plaisant ; c'est ce qu'on a
déjà fait il y a quelques années ; mais
il est très-possible de recommencer
avec le même succès , car le sujet est
inépuisable. — Avec le même succès ,
dites-vous? je n'en répondrois pas ;
car on est encore infatué du romantique , qui n'est autre chose que des
phrases ridicules , semées çà et là.
— Le romantique est bien tombé.....
— Il n'a encore que trop de partisans : on feroit beaucoup mieux de se
réunir contre cette folie que de poursuivre à outrance les jésuites , si protégés jadis par un roi protestant , qui
se connoissoit en hommes, et savoit les
juger [1] ; et le roi de Prusse n'a pas

[1] Le grand Frédéric, roi de Prusse, écrivoit
à Voltaire, qui le pressoit de chasser de ses États
les jésuites : « Non, je ne chasserai point, mes
» bons ignaciens; j'ai une province catholique

eu à se repentir de les avoir protégés.
Comme il l'avoit prévu, ils formèrent d'illustres savans ; ils ne tramè-
rent pas une seule intrigue, quoiqu'ils
en eussent plus d'un moyen dans une

» (la Silésie), et je les établirai là ; ils m'y ren-
» dront de grands services ; ils ont des talens
» reconnus pour l'éducation ; j'en profiterai ; je
» les mettrai à la tête de plusieurs colléges, et,
» d'ici à trente ans, tous les hommes distingués
» dans les sciences et la littérature, qui paroî-
» tront dans mes États, sortiront de leurs écoles ».

On a vu s'accomplir cette prédiction.

Voltaire qui, dans cette occasion et dans beaucoup d'autres, a sourdement tant persécuté les
jésuites, avoit été élevé chez eux, et il a dit dans
un de ses ouvrages, avoué par lui, *qu'il faut être
un monstre pour ne pas aimer ceux qui nous
ont donné de l'éducation.* Il fut lui-même une
preuve du talent de ces pères en ce genre, car, à
l'âge de neuf ou dix ans, un jésuite, indigné, lui
dit : *Misérable, tu porteras un jour l'étendard de
l'impiété.* Ces mêmes jésuites faisoient un journal
sur les dispositions futures de leurs élèves, et ils
inscrivirent dans ce livre ce jugement sur Crébillon, âgé de huit ans : *Grand polisson, mais
plein de génie.*

province catholique et loin des yeux
du roi. — Mais qu'ont-ils donc fait
ici pour s'attirer une haine aussi envenimée? — Leurs persécuteurs ne
veulent plus de religion. — Et que
mettront-ils à la place? — D'abord
le protestantisme, qui très-naturellement conduit au philosophisme.
— Conçoit-on que les fondateurs,
Calvin et Luther, ne suffisent pas pour
dégoûter de cette secte? — Aussi, ne
l'embrasse-t-on communément que
par des vues d'intérêt. — Et, comme
nous l'avons déjà remarqué, c'est une
chose bien surprenante que la prétention des protestans, qui prennent
le titre de *réformés*. — Jolie réforme,
comme on ne peut trop le répéter,
qui a consisté à ôter de la religion
catholique tout ce qu'elle a de triste
et de gênant, le maigre, le jeûne, la
confession, le mariage des prêtres :
si les premiers chrétiens eussent offert

aux païens une nouvelle religion aussi
commode et aussi facile à suivre,
l'établissement du christianisme n'eût
pas été un miracle, toujours subsis-
tant pour les musulmans, pour tous
les Indiens, les Japonnois, les Chinois
(pays ou les missionnaires ont fait
tant de conversions). — Cela est vrai,
et c'est un miracle bien frappant ; car
il est incompréhensible que tant de
peuples ayent renoncé à des croyances
qui favorisoient et flattoient toutes les
passions, pour, en adopter une qui les
défend toutes. — Nous avons critiqué
cette épithète ridicule de *riante*,
donnée toujours à la mythologie par
les poètes et par tous les amateurs
enthousiastes de l'antiquité, comme
s'il n'y avoit, dans la fable, que Vénus,
Flore, Zéphire, les Muses, Apollon,
la ceinture de Vénus, l'Amour et les
Grâces...... — Oui, et l'on oublie les
Furies, les Gorgones, les Grées, les

Lamies, les Cyclopes, les Satyres,
une infinité d'autres monstres et d'infâmes divinités; enfin les lacs de sang,
les montagnes et les rochers, les fon-
taines, les rivières, tous les objets de
la nature, même les arbres et les
fleurs, retraçant à chaque pas, dans
les campagnes, les plus lamentables
aventures, sans parler des récits
remplis de crimes et d'atrocités, et
sans faire mention de ces fêtes abomi-
nables, célébrées par les prêtres de
Bellone et par les Bacchantes.... Tout
cela n'est-il pas bien gai, bien riant?
—Non, certainement; et comment
peut-on trouver que la nature entière,
ainsi déshonorée par ce ramas affreux
et bizarre d'horreurs en tout genre,
n'offre partout que des images riantes?
— Mais les croyances extravagantes
de cette fausse religion corrompoient
à la fois la raison et le cœur d'une foule
d'êtres mal organisés, et nés avec de

mauvais penchans ; et ceux-là trouvent
toujours des charmes dans tout ce qui
favorise leurs inclinations dépravées ;
ils devoient naturellement aimer une
religion qui avoit un culte pour le
vice, et qui élevoit des autels et des
temples à tant de honteuses déités,
protectrices de tous les sentimens
barbares et de toutes les passions
impures!.... ¹. Ce sont les premiers
admirateurs de la fable qui ont dû
dire d'abord : *La riante Mythologie;*
et, depuis, on a répété cette phrase,
faute de réflexion.

---

¹ Bellone, déesse du *carnage;* Vénus, déesse
adultère; Adéphagie, déesse de la *gourmandise;*
Murcie, déesse de la *paresse;* Mercure, dieu des
voleurs, et Momus, Comus et d'autres dieux pires
encore, etc., etc.

CHAPITRE IV.

Arrivée à Paris.

On ne se retrouva pas sans quelque
émotion aux portes de Paris, surtout
Nelgis, qui s'étoit dit, en les passant
pour aller à Saint-Aubin, que peut-
être il ne les reverroit plus, et qu'il
mourroit dans son voyage ; il remercia mille fois le marquis et la marquise
de toutes les preuves si touchantes
d'amitié qu'il avoit reçues de l'un et
de l'autre, et il se retrouva dans son
appartement avec le plaisir qu'on
éprouve en rentrant dans sa patrie;
car c'est ainsi que les octogénaires
s'attachent aux lieux qu'ils habitent :
c'est un logement bien solennel que
celui où l'on est à peu près sûr de

mourir!...... Nelgis trouva chez lui
les seuls journaux qu'il eût, la *Gazette*, la *Quotidienne* et le *Médecin
du Peuple* [1]. Il lut dans la *Gazette* une

---

[1] Ce journal, fait par une *société de médecins*,
est aussi utile que bien rédigé; toutes les mèics
de famille doivent le lire. Je suis fâchée seulement que l'auteur de cet estimable journal n'aime
pas le colonel Amoros, qui, certainement, rend
de grands services à la jeunesse par ses exercices
gymnastiques, qui, en doublant les forces et l'a-
gilité, mettent à l'abri de tant d'accidens. Je
désirerois aussi que *le médecin du peuple* parlât
davantage de la religion à ses lecteurs ; la morale
est bien persuasive dans la bouche d'un bon médecin qui promet la santé comme le prix certain
de la sagesse : et la religion chrétienne en est le
seul garant et l'unique base solide et véritable
pour tous les hommes, et surtout pour le peuple,
chez lequel rien ne peut y suppléer, même mo-
mentanément ; car il ne connoît ni les entraves
de la bienséance et du bon goût, ni la fausse
gloire, ni ce que nous appelons le point d'honneur. Ainsi, sans des principes religieux, unis
aux menaces de la médecine, on ne guérira jamais
radicalement un ouvrier, un artisan, de l'ivro-
gnerie et de la débauche.

chose qui lui fit beaucoup de peine, parce qu'elle annonçoit le désir d'établir parmi nous le protestantisme. ·c'étoit la proposition d'annuler les vœux de célibat des prêtres. On répondoit fort bien dans la *Gazette* à cette tentative d'hérésie, que l'on y combattoit avec l'excellente logique et tout l'esprit que l'on trouve si souvent dans cette feuille; mais on omettoit un argument que personne n'emploie à ce sujet, et qui, néanmoins, me paroît d'une grande force: les protestans, en Angleterre, reconnoissent, eux-mêmes, qu'il est des cas très-importans où le mariage des prêtres ne peut être ni permis, ni toléré; dans les universités, si justement célèbres, d'Oxford et de Cambridge, presque tous les professeurs sont des ecclésiastiques; .mais le mariage leur est absolument interdit quand ils postulent ces places, et tant

qu'ils les occupent. Les Anglois reconnoissent unanimement qu'il faut à
la jeunesse des instituteurs austères
qui aient fait des études sérieuses, et
que, sous tous ces rapports, les ecclésiastiques sont ce qu'il y a de mieux;
et qu'en même temps s'ils étoient
mariés, ils ne pourroient allier les
soins rigides de professeurs avec ceux
qu'ils devroient à leurs propres familles. Aussi, en Angleterre, tous les
prêtres qui entrent dans les universités, s'y attachent, s'y consacrent,
et communément y finissent leurs
jours. Voilà donc une importante et
grande partie du clergé anglois as-
servie au célibat par le seul raisonnement; il y a encore une infinité de
raisons à donner contre le mariage
des prêtres catholiques, car il est impossible avec la confession; mais tout
a été dit là-dessus.

Le lendemain et les jours suivans,

Nelgis, se reposant des fatigues de
son voyage, resta chez lui, et n'e reçut
que trois ou quatre amis intimes,
qu'il avoit prévenus de son retour, et
qui s'empressèrent d'accourir pour le
revoir : il leur dit qu'il avoit passé
à Saint-Aubin les derniers beaux jours
de sa vie, parce qu'il y avoit joui des
souvenirs des plus vifs, et même des
plaisirs des jours charmans de l'enfance, dont l'expérience, de près d'un
siècle, lui avoit fait sentir tout le prix.
La vieillesse, disoit-il, est un bienfait
de la nature, puisque la mort doit la
terminer. Si nous arrivions à ce dernier terme avec toutes nos forces
physiques, la figure, la fraîcheur et
le son de voix que nous avions à vingt
ans, si nous conservions toute l'agilité, toutes les grâces de la jeunesse,
nous n'envisagerions communément
notre fin qu'avec une sorte de désespoir, car les avantages énormes que

nous aurions sur la jeunesse, sur
'âge mûr, nous attacheroient fortement à cette vie prête à nous échapper.
Cependant, nous serions beaucoup
moins heureux que nous ne le sommes.
u lieu d'être l'objet des soins de tout
e qui nous entoure, nous serions
souvent leurs rivaux préférés ; sem-
lables aux beaux arbres centenaires,
evant lesquels tous les autres ne
paroissent être que des pygmées, nous
effacerions, par l'instruction et l'ex-
)érience, tout ce qui n'auroit pas
tteint la vieillesse ; nous serions en-
iés, et, par conséquent, haïs ; et
es cheveux blancs, les infirmités,
jui ordinairement désarment la mé-
hanceté, ne nous servant pas de bou-
lier, nous serions exposés à tout le
échaînement d'une odieuse calomnie,
usqu'aux portes même du tombeau ;
t la calomnie est doublement lâche
et barbare quand elle attaque la vieil-

lesse, qui manque toujours de preuves justificatives sur de prétendus faits si anciens, que tous les témoins en sont morts ; ce qui rappelle ce beau mot si célèbre de Caton : *Ah! qu'il est difficile de rendre compte de sa vie à des hommes d'un autre siècle que celui où l'on a vécu!.....*

CHAPITRE V.

Portraits et lieux communs.

NELGIS revit avec un plaisir particulier Varneck, un de ses amis, jeune
encore (il n'avoit que quarante-trois
ans), et il étoit aussi aimable que
spirituel; il avoit le talent dangereux
de contrefaire avec une perfection
rare. Nelgis, en sa grave qualité d'octogénaire, l'en grondoit souvent,
mais s'en amusoit beaucoup. Varneck
n'en abusoit jamais; il ne l'employoit
qu'innocemment et seulement par
gaieté; il n'étoit ni méchant, ni même
caustique; la vie n'étoit pour lui
qu'une espèce de jeu de commerce
et de société très-françois, mais devenu très-gothique, et où celui qui

montroit le meilleur goût et qui avoit
le plus d'enjouement l'emportoit sur
tous les autres. Eh bien ! mon ami,
lui dit Nelgis, en l'apercevant, êtes-
vous toujours d'aussi bonne humeur?
Je viens de rétrograder jusqu'aux jours
de mon enfance ; venez-vous me re-
tracer le temps le plus brillant de
ma jeunesse? Point du tout, répondit
Varneck ; je suis devenú triste et
rêveur. — Quelle métamorphose ! —
La gaieté ne consiste plus, aujour-
d'hui, qu'en jeux de mots, en injures
grossières et en lieux communs : ce
ne sera jamais la mienne. — Il y avoit
de tout cela un beau commencement
à mon départ ; et les *dimables* plaisanteries sur les jésuites sont-elles
épuisées ? — Oui, et néanmoins elles
continuent avec des redoublemens.
— Vous dites-là deux choses contra-
dictoires. — C'est la mode aujour-
d'hui ; mais je ne la prends point : je

vous ai dit la pure vérité ; les plaisanteries et les calomnies contre les
jésuites sont épuisées ; cependant on
les continue.... ; c'est qu'on les re-
commence. — Ce que je connois de
plus ennuyeux au monde, c'est la méchanceté verbiageuse. — On s'attend
toujours à quelque chose de nouveau ;
maintenant, l'espérance et la curiosité
seules soutiennent la lecture. Je voudrois que vous entendissiez le grave
chevalier de la Rominière , avec ce
ton solennel que vous lui connoissez,
entamer toutes les conversations, par
une sentence politique et satirique
(qu'on a entendu répéter mille fois),
et les terminer par les lieux communs
les moins justes et souvent les plus
insignifians ; par exemple, hier, chez
madame d'Herblay, il dit , en s'as-
seyant : *Nous ne jouirons de la paix
intérieure que lorsque les jésuites seront expulsés de France.....* Varneck

dit ces paroles avec une telle vérité
d'imitation, que Nelgis ne put s'empêcher d'éclater de rire. Est-ce ainsi,
dit-il, que vous êtes devenu sombre
et *rêveur?* Est-ce ainsi que vous vous
corrigez du défaut de la moquerie?
Comment voulez-vous que je m'en
corrige, répondit Varneck, quand
vous me faites toutes vos réprimandes
en riant?..... Aussi ne m'empêcherez-
vous pas de continuer. Il y avoit encore, ce jour-là, chez madame d'Herblay, un personnage qui mérite bien
une mention honorable : vous ne l'avez
jamais vu; écoutez et regardez; vous
allez faire connoissance avec lui ; c'est
le vicomte de Luzarche, qui se croit
beau, parce qu'étant page du roi,
il y a trente-six ans, on l'appeloit *le*
beau page, titre qu'on accorde facilement à tous les pages qui ne sont ni
tortus, ni bossus, qui ont de grands
ou de gros yeux, et qui se piquent de

politesse avec les dames. Ses yeux,
qui peut-être étoient beaux, dans sa
première jeunesse , sont devenus
ronds, sortans et hagards; comme il
eut peur dans la révolution et qu'il
émigra dès le commencement, il est
convaincu qu'il est un admirable
royaliste et qu'il devroit avoir les
premières places de la cour; il dé-
clame sans cesse contre l'injustice et
l'ingratitude des princes et des rois;
en même temps il soutient que les
libéraux, sans exception, sont capables de tout; ce qui ne l'empêche pas
de prendre toutes les expressions, les
locutions et le néologisme que nous
devons à la révolution. Il dit des gens
qu'il n'aime pas, qu'ils ne sont pas
à la hauteur des idées de l'époque;
enfin, il est persuadé qu'on a une
galanterie chevaleresque, lorsqu'en
entrant dans un salon, on s'approche
de toutes les femmes, pour leur de-

mander comment elles se portent.
Si vous alliez dans le monde, vous y
retrouveriez les femmes avec les larges rubans balans et flottans de leurs
énormes chapeaux, ce qui, à toute
minute, leur donne la peine de les
jeter de côté et d'autre; vous les re-
verriez avec ces manches bouffantes
et grotesques qui déparent si désa-
gréablement leurs tournures et leurs
tailles; vous admireriez la constance
des jeunes gens à maintenir *le coup de
vent* de leurs coiffures, en y portant
continuellement la main, et vous con-
viendriez que nous n'avons rien perdu
de nos lumières.

Nelgis demanda des nouvelles du
baron d'Orgeval. Il a pris, durant votre absence, répondit Varneck, une
singularité qui devient tous les jours
plus à la mode, et qui, par conséquent, n'en sera bientôt plus une : il
est *anglomane, ennemi des Anglois.*

—Cela est bizarre. — Il a des chevaux
anglois, des voitures angloises; sa
femme et lui sont habillés à l'angloise,
et ils ont appris l'écriture angloise;
sa cuisine est à l'angloise; on trouve
chez lui la collection complète de tous
les puddings de Londres, de toutes
les *muffins*, et même des sauces blan-
ches parsemées, non de crevettes,
mais de queues d'écrevisses; et, d'ailleurs, il a adopté toutes les phrases
angloises qu'on a introduites dans notre langue depuis trente ans; il ne dit
jamais qu'une chose est à la mode ou
qu'elle est commode; il se sert des
mots *fashionable* ou *confortable*, et les
Anglois nous avoient déjà fait depuis
long-temps cet honneur, en intro-
duisant dans leur langage, non-seulement des mots, mais des phrases
françoises tout entières [1]. Quant au

[1] Petits pâtés.

baron d'Orgeval, ses jardins irrégu-
liers, ses petites rivières qu'on peut
enjamber, ses ponts imperceptibles,
toutes ces choses, dit-il, sont *à l'angloise*, quoiqu'elles n'imitent nullement la nature, mérite qui n'appartient
véritablement qu'aux Anglois, nos de-
vanciers de deux siècles en ce genre,
et qui se sont bien gardés de renoncer
à la symétrie, pour contrefaire mes-
quinement et ridiculement la nature
— Les Anglois ont eu le bon goût de
conserver la symétrie dans tous les
terrains de peu d'étendue, et même de
ne suivre les conseils d'Addisson [1] que

---

[1] Le célèbre Addisson, dans *the Spectator*, in-
vite ses compatriotes et les a décidés à profiter de
l'exemple que donnent les Chinois d'imiter la nature dans leurs vastes jardins, mais avec une sagesse et un goût bien dignes d'éloges; en tout, il
semble que les Anglois ne manquent point de
goût dans les choses essentielles : les grands
monumens, leurs jardins, le poëme admirable
du *Paradis perdu* ; car la mort, engendrée par la

loin des demeures somptueuses, parce
qu'il n'est pas naturel de placer un

monstrueuse alliance, que Milton décrit si éner-
giquement, est une épouvantable et juste allégo-
rie, et non (malgré les critiques de Voltaire) un
manque de goût, d'autant mieux que rien de
semblable ne se retrouve dans ce sublime ouvrage,
qui n'a rien emprunté des anciens et des modernes,
ouvrage aussi original qu'il est attachant et varié:
Les Anglois n'ont, en effet, manqué de goût
que dans des choses frivoles, le ton, les manières
qui tiennent surtout à de petites conventions sociales, et même, dans de telles choses, ils nous
ont souvent surpassés dans notre meilleur temps;
nous n'avons jamais eu de journaux que l'on puisse
comparer au *Spectator*, au *World*, etc. Shakes-
peare est un auteur admirable, et dont le génie
est incompréhensible, quand on songe à son
siècle, à l'état où il naquit, à son manque d'é-
tudes et d'éducation; il est inconcevable que lui
seul ait su peindre, avec une parfaite vérité, les
cours, les courtisans et les flatteurs; il y a dans
ses tragédies, surtout dans *Macbeth* et dans *Ri-
chard III*, une morale frappante et sublime; ses
Commères de Windsor prouvent qu'il auroit eu,
comme notre Corneille et notre Racine, le talent
le plus distingué dans ce genre. Les Anglois ont
aussi plusieurs poètes comiques fort remarqua-

beau château au milieu d'une prairie;
aussi, en Angleterre, tout ce qui est
autour du château est symétrique : on
n'arrive que par gradation à ce qu'on

bles, auxquels on ne peut reprocher que d'être
trop licencieux; ils ont de belles poésies champê-
tres. Quoique M. de Saint-Lambert ait pillé sans
pudeur les *Saisons* de Thompson, il est infiniment inférieur au poète anglois. Les romans anglois ont eu de grands succès, même dans nos
traductions; les Anglois ont aussi de charmantes
poésies fugitives et de très-agréables chansons,
ils peuvent citer aussi une belle tragédie régu-
lière, le *Caton* d'Addisson, dont M. de Voltaire a
traduit littéralement et admirablement un beau
monologue, à l'exception de ce seul vers, qui
n'est nullement ridicule en anglois :

D'où viens-je; où vais-je; où suis-je, et d'où suis-je tiré?

Les Anglois nous sont inférieurs en historiens,
ils n'en ont point que l'on puisse mettre à côté de
Bossuet, de Vertot et de Gaillard; nous les sur-
passons aussi dans tout ce qui est religieux : les
chœurs d'*Athalie*, la pièce toute entière, qui est
incomparable, ainsi que *Polyeucte*, les oraisons
funèbres, les sermons, etc., etc.

appelle la partie déserte, où la main de l'homme ne se montre plus; c'est là que l'on trouve de véritables rivières, de superbes ponts, comme, par exemple, chez lord Scardale, où l'on voit un magnifique pont de marbre sur un beau fleuve; c'est là que la nature est réellement imitée et souvent embellie, comme dans les admirables jardins des descendans du poète Waller, dans lesquels se trouve un précipice de deux cents pieds, au fond duquel est un pont supposé brisé, avec une ravissante statue antique, supposée aussi mutilée dans la chute, et si belle, que le peintre Reynolds offrit, pour l'acquérir, 12,000 fr. et son plus beau tableau, et il fut refusé. Jusqu'ici, *l'anglomanie* ne nous a point fait imiter une telle magnificence. Mais continuez, je vous prie, le portrait de votre *anglomane, ennemi des Anglois*. — Il est inutile de vous dire qu'il va tous les ans à Londres passer quinze jours ou trois semaines, qu'il ne sort point de la ville, qu'il revient enthousiasmé de l'Angleterre, et qu'il en rapporte tous les brimborions de leurs manufactures, et, outre les mots et les phrases de leur langue, jusqu'à leur accent, pour bien notifier son voyage à tous nos Parisiens. Malgré toute cette ardente admiration, il ne rêve et il ne désire que la complète extermination de ces anciens, brillans et fameux insulaires ; il voudroit qu'on fît une descente dans leur île pour y tout saccager. Vous jugez bien qu'il détruiroit avec joie tous les vieux monumens que, malgré les guerres et leur changement de religion, ils ont non-seulement épargnés, mais conservés avec soin ; leurs vénérables églises, les superbes châteaux. — Et notre anglomane ne manqueroit pas de pros-

crire aussi Stone-Henge, la tour d'Al-
fred et le camp danois?—N'en doutez
pas. — Achevez, de grâce, de me
mettre au fait de l'état actuel de Paris.
J'avoue que j'aime vos descriptions et
vos portraits, parce qu'on n'y trouve
jamais d'exagération, de méchanceté
et de partialité : ils sont pourtant par-
fois un peu malicieux; mais c'est de
la gaieté sans humeur, sans bassesse :
vous ne voulez jamais, par une vue
d'intérêt quelconque, flatter ou mé-
nager un parti..... —Non, parce que
je veux rendre justice à tous. Malgré
l'esprit d'innovation, vous retrouverez
Paris tel que vous l'avez laissé au bout
de cinq mois; cela est prodigieux! Ne
rien changer, réprimer sévèrement
tous les novateurs, conserver ses habitudes, ses coutumes, son costume;
combien cela est bon! Voyez les Turcs.
— Comment? Ils vont être extermi-
nés!..., — Aussi ont-ils quitté leur

coiffure..... — Que voulezvous dire?
— Oui, ils ont apostasié le turban,
pour prendre nos casquettes : c'est
le seul de nos usages qui les ait séduits.
Vous représentez-vous un Turc en
casquette ? — Avec leurs grandes
robes et leur tournure indolente,
cela doit faire de bonnes figures ! —
Voilà une innovation ; ils n'en reste-
ront pas là, je vous en réponds ; aussi
seront-ils chassés d'Europe..... —
Mais que deviendrons-nous ? — L'em-
pereur est généreux et magnanime
comme ses frères, et, à l'exemple
de notre bon et grand Henri IV, il
s'est promis, en formant le projet de
conquérir la Turquie, de ne rien garder pour lui, et de maintenir la ba-
lance de l'Europe. — Laissons-là
l'Europe, et parlons de la société. —
Je commencerai par Mme. de Melcy,
cette personne sentimentale qui n'a
jamais aimé que son chien, son écu-

reuil, sa perruche et son serin qu'elle
vient de perdre, auquel elle a fait
élever un charmant tombeau dans sa
jolie maison près de Paris..... —
Quelle folie pour un serin! — On
trouve sur sa tombe cette épitaphe :
Je n'ai vécu que pour aimer! Ce petit
monument est enfermé dans un gril-
lage qui ressemble à une grande cage,
dont les deux auges, remplies d'eau,
le sont aussi des plus belles fleurs.
Madame de Melcy, pour perpétuer
ce touchant souvenir, fit graver sur
un cachet cette devise :

Un serin volant, une petite broderie se trouve accrochée à ses pattes, et pour âme ces mots :

Il emporte avec lui mes plaisirs.

Elle a fait faire une bague des plu-
mes deson serin, et elle n'en parle
jamais sans avoir les larmes aux yeux.

— Tout cela est bien touchant ; mais
comment ce serin emportoit-il une
broderie ? — C'étoit sans en avoir le
projet. On suppose qu'étant sur les
genoux de sa maîtresse, la broderie
qu'elle venoit de finir s'accroche à
ses petites pattes, et qu'en s'envo-
lant il l'emporte sans le vouloir.
M. de Ramel, beau-frère de madame
de Melcy, est toujours profondément
enfoncé dans le dédale de la politique;
mais, du moins, il n'est pas bavard
comme tant d'autres ; il ne s'exprime
guère, sur ce point, que par des
gestes, des mines, des soupirs, et
des exclamations; sa politique est
toujours mystérieuse et concentrée;
il ne parle guère que par monosylla-
bes ; si vous le pressez de s'expliquer,
il lève les yeux au ciel, vous saisit
la main, la secoue *à l'angloise*, après
l'avoir fortement serrée, ensuite il
vous quitte brusquement, en laissant

échapper un gémissement sourd et
significatif. — Voilà le portrait fort
ressemblant de plus d'un personnage. — Que vous dirai-je d'Herminie, cette coquette surannée, qui
croit fermément qu'en se faisant de
chaque côté du front de grosses cor-
nes de cheveux, qu'une eau merveil-
leuse rend encore châtain-clair, et
qu'en se parsemant la tête de bouts
de rubans et de petites fleurs, elle a
l'air aussi jeune et elle est aussi jolie
à quarante ans que sa charmante
nièce Almette, dont elle est le men-
tor, et qui n'en a que dix-huit; elle
croit même l'effacer par son usage
du monde et par la grâce piquante
de sa conversation, quand les hommes se groupent autour d'elle pour
mieux voir son intéressante pupille.
Elle est persuadée que c'est elle
seule qui les attire; elle sourit à l'un,
elle fait une plaisanterie à l'autre,

qui en rit aux éclats, mais sans l'écouter. On lui fait quelques complimens
bien fades et bien communs; elle
prend un air vainqueur et joyeux,
qui achève de la rendre complète-
ment ridicule. Hasarde-t-on quelques questions sur sa nièce, elle en
fait les honneurs très-naturellement,
rabaissant toutes les louanges qu'on
lui donne, faisant entendre qu'elle
manque d'esprit; car Herminie ne
sent plus le charme de la modestie et
de la réserve; et depuis long-temps
elle confond avec la niaiserie cette
douce timidité intéressante à tout
âge, et qui a tant de grâce dans la
jeunesse. Au reste, j'aimerois mille
fois mieux l'altière et présomptueuse
assurance, même dans une femme,
que la timidité affectée et jouée. —
Il est vrai que c'est un genre d'hypocrisie bien désagréable. — Il ne faut
pourtant pas confondre une assurance

très-permise avec l'effronterie et l'ar-
rogance. — Je vous entends d'autant
mieux que, durant ma jeunesse, j'a-
vois cette espèce d'assurance toujours calme et tranquille; celui qui
la possède, légèrement insouciant sur
les succès, ne prévoit point d'atta-
ques, et, par cette raison, ne craint
et ne brave rién. — Nous connoissons un très-jeune homme qui est
charmant, Cyrus G*** [1]. Il avoit, dès
son enfance, un bon sens naturel,
bien plus rare, et promettant bien
mieux, à cet âge, que des saillies.
Il a des sentimens si délicats, si vrais,
qu'il ne peut s'en enorgueillir, car,
comunément, loin d'en tirer vanité,
il ne s'en aperçoit pas lui-même; il
n'a point cette orgueilleuse timidité
qui craint toujours de déplaire, parce

---

[1] Ce portrait est fait d'après nature; mais ce
personnage n'a pas encore douze ans.

que toujours elle veut charmer et
subjuguer. Cyrus a une tournure et
un maintien que j'aime dans un homme; sa contenance est assurée et n'a
jamais la moindre nuance d'insolence
ou de fatuité.

CHAPITRE VI.

Conversation.

VARNECK revenoit presque tous les jours de grand matin causer avec son vieil ami ; il étoit député, et par conséquent il ne pouvoit disposer de tous ses momens. Tâchez , mon ami, lui disoit Nelgis, de vous rendre utile ; et, pour cela, ne vous jetez point dans les profondeurs de la politique, dont, à votre âge, vous ne pourriez comprendre les principes variables et les subtilités. La politique n'a rien de fixe ; elle est naturellement insidieuse ; elle se transforme, elle varie suivant les temps, les siècles et les lieux ; elle ne se montre jamais tout entière ; elle a toujours

quelque chose à dissimuler. Machia-
vel n'a noirci la politique qu'en y
mettant une *candeur* que les autres
politiques n'ont point; le machiavé-
lisme n'est guère autre chose que des
règles de politique, données sans réserve avec une extrême franchise.
Néanmoins, comme la raison accorde
toujours des exceptions honorables,
il faut convenir qu'il peut exister des
politiques qui refusent avec fermeté
d'abjurer leurs principes moraux,
mais ceux-là sont bien souvent, même
avec des talens supérieurs, dupes des
autres. — Pour moi, je ne me mêle
point de politique; je ne lis même
pas les écrits périodiques. En général, ces feuilles sont à la fois pédantesques et frivoles; les auteurs, dans
des articles de la même feuille, se
montrent, tour à tour, de grands
publicistes, des *Grotius*, des écrivains badins, licencieux, et des es-

pions de coulisses. — Que pensez-
vous de la loi sur la presse? — Je
pense que ceux qui s'opposent à la
répression prouvent démonstrative-
.ment, par la licence de leurs écrits,
qu'elle est indispensablement nécessaire. Il ne faut point, dit-on, gêner
la liberté de penser : nul tyran ne
peut gêner celle-là; mais la liberté
de publier ses pensées, les plus extravagantes et les plus dangereuses,
est toute autre chose. — Remarquez
que ce sont nos philosophes qui ont
imaginé cette singulière phrase (qui
a séduit tant de gens irréfléchis) : *Il
est affreux de vouloir gêner la liberté
de penser.* S'ils eussent dit franche-
-ment : *La liberté de tout dire et de
tout écrire*, ils auroient produit beaucoup moins d'effet. Écrire et publier,
c'est *agir;* or, je demande s'il est
contre la liberté publique d'empêcher les malfaiteurs, par tous les

moyens possibles, de commettre des
crimes? — La liberté d'imprimer des
obscénités et des impiétés sera toujours horrible et pernicieuse. Il faut
seulement empêcher, ce qui est très-
facile, que les censeurs ne fassent
des suppressions arbitraires. — Bor-
nez-vous à faire des motions bienfai-
santes, et il en est un grand nombre
que l'on n'a pas encore imaginé de
faire; par exemple, des règlemens
de police pour prévenir les affreux
accidens, causés, dans Paris, par les
voitures, et dont chaque jour les
piétons sont les victimes. Honneur à
la ville de Londres, où l'on n'entend jamais parler de telles catastrophes, parce que toutes ses rues ont
des trottoirs; il y a long-temps
qu'on auroit dû faire un règlement
par lequel il seroit expressément défendu de faire une rue nouvelle sans
trottoirs. On nous a beaucoup parlé,

dans ces derniers temps, du *peuple-
roi;* mais on n'a rien fait pour lui.
Non-seulement à Londres on voit des
trottoirs dans toutes les rues, mais,
par un règlement particulier très-
positif, tout conducteur de voiture,
tout homme à cheval est condamné à
une amende, si le piéton peut, de
son trottoir, en étendant le bras, sai-
sir la bride de son cheval; voilà ce
qui s'appelle prendre soin de la vie
des hommes! voilà de la véritable philanthropie! —On devroit bien encore
défendre l'éclairage par le gaz des
salles de spectacle; on a vu, il y a
peu de mois, cet éclairage s'éteindre
entièrement tout à coup, et une profonde obscurité durer près d'une
demi-heure; ce qui peut produire,
outre les vols, des désordres effroyables. Je demanderai tout cela, dit
Varneck, et bien d'autres choses encore.

CHAPITRE VII.

Suite du précédent.

NELGIS avoit encore un ami intime
à peu près de l'âge de Varneck; c'é-
toit un littérateur toujours moral, et
quï ne craignoit nullement la cen-
sure, quoiqu'il n'eût jamais flatté personne, sans en excepter la cour et les
ministres. Que pensez-vous, mon cher
Limeuil, lui dit Nelgis, de notre littérature actuelle? Je ne sais pas, répondit Limeuil, si la *patrie est en
danger;* mais je sais très-bien que
notre littérature est bouleversée, et
j'ignore par quels moyens on pourroit
la retirer de ce chaos. Soyez tran-
-quille, repartit Nelgis; une littérature si solidement belle ne périra

point ; songez que celle des anciens
Grecs et des Romains subsiste encore :
tout ce qui est véritablement beau
doit durer ; tout ce qui est mauvais est
inconstant par sa nature : le bon goût
dans les arts et en tout genre est inva-
riable ; le mauvais goût change continuellement de forme, et il n'est jamais
qu'une mode, plus ou moins frivole,
ou dangereuse, ou funeste. Le gouvernement pourroit en peu de temps
relever notre littérature, d'abord en
diminuant le nombre des petits spectacles. — C'est le vœu de tous les vrais
littérateurs. Plusieurs auteurs qui auroient du talent renoncent à la gloire,
afin de jouir promptement de petits
succès éphémères. Ne pouvant être
joués promptement au Théâtre-Fran-
çais ou à l'Odéon, ils se bornent à travailler pour les petits spectacles; ils
nous donnent des drames sans vrai-
semblance et mal écrits, de petits ac-

tes burlesques sans gaieté, et des *ta-bleaux* (genre tout nouveau) sans dessin et sans couleur. La réimpression des anciens ou des modernes b'ons ouvrages est encore un très-bon moyen ; c'est ce qu'on fait dans ce moment avec un grand succès et ce que protége le gouvernement. Enfin, il faudroit achever de démasquer à tous les yeux l'horreur des principes et l'absurde inconséquence des philosophistes modernes : on ne sauroit donner trop d'éloges à cet égard à M. l'abbé Mérault, auteur de l'excellent livre intitulé : *les Apologistes involontaires.* Proposer des prix seroit encore une bien bonne chose. Une académie de province a donné sur ce point un exemple digne d'être suivi : la société d'agriculture, du commerce, des sciences et arts du département de la Marne, fit mettre, dans les journaux, qu'elle décerneroit, dans sa

séance publique de 1827, une médaille
d'or de 300 fr. au meilleur mémoire
sur ce sujet : *Demontrer la supériorité
morale de l'Évangile sur la philosophie ancienne et moderne.* On pourroit faire un excellent ouvrage en un
gros volume in-octavo sur ce sujet.
On devroit à présent faire un nouveau
livre dans lequel on rassembleroit
leurs mensonges, leurs calomnies et
leurs bévues historiques. Ce recueil
seroit certainement exempt de verbiages, si l'on vouloit ne faire que
deux bons gros volumes in - octavo;
car si l'on n'étoit pas d'une extrême
précision, on feroit une quantité de
volumes sur un tel sujet.—Et que seroit-ce si l'on y joignoit toutes leurs
fautes de langage et tous leurs plagiats?
J'en ai tant cité déjà dans mes ouvrages
que, pour ne pas me répéter, je ne
continuerai point ici, quoique certain
nement il en reste encore un très-grand

nombre, même à ma connoissance,
dont je n'ai point parlé. —Il est in-
croyable que tous nos philosophes, si
vains, si orgueilleux, aient presque
tous été, à commencer par Voltaire,
d'une si grande ignorance relativement aux langues anciennes et vivantes [1], à la littérature grecque, à la mythologie et à l'histoire [2]. —Et même
à l'histoire naturelle, comme le lui a
prouvé M. de Buffon, lorsque M. de
Voltaire s'avisa de parler contre le
déluge, soutenant, avec une naïveté
risible, que les coquilles trouvées sur

---

[1] On sait que Mahomet étoit fils d'une juive,
et qu'il avoit une connoissance détaillée des
saintes Écritures. Tout ce qu'il y a de bon dans
l'Alcoran est exactement copié de l'Ancien-Testa-
ment. Les extravagances seules de cet ouvrage
appartiennent à Mahomet.

[2] M. l'abbé Guénée, dans ses *Lettres de quelques Juifs à Voltaire*, a prouvé à ce dernier qu'il
ne savoit pas un mot de grec, et que même il savoit très-mal le latin ; il a aussi relevé de cet auteur une grande quantité de bévues historiques.

le sommet des plus hautes montagnes ne sont autre chose que les débris des déjeuners ou des vêtemens de quelques pélerins; il ignoroit que ces montagnes sont toutes formées de prodigieux bancs de coquilles dont on ne trouve point d'analogues dans ces parages, parce qu'elles furent entraînées des pays lointains par la rapidité des eaux. Au reste, tous les bons esprits, qui sentent les dangers qui nous menacent, tâchent de les prévenir en donnant au public d'utiles ouvrages et d'excellens articles de journaux [1]. Vers la fin du dix-huitième siècle, M. de Pompignan fut auteur de la belle tragédie de *Didon* et de charmantes

[1] Entre autres, dans la *Gazette*, la *Quotidienne*, souvent encore le *Journal des Débats* et un nouveau journal très-bien accueilli du public, intitulé le *Conservateur*, et qui, par la manière dont l est écrit et rédigé, nous promet et nous assure ne intéressante *résurrection*, que tous les gens bien intentionnés souhaitoient vivement. Il seroit à désirer que les journalistes qui professent les

poésies d'un genre tout différent. Cet estimable et grand poëte lutta toute sa vie, avec un courage inébranlable, contre les calomnies et les libelles de Voltaire et de ses adhérens [1]. Ce se-

saines doctrines, fussent véritablement unis entre eux; loin de se regarder comme des rivaux, ils doivent se considérer comme étant semblables aux colonnes d'un antique et superbe édifice, dont une seule ne peut être ébranlée sans que la solidité de l'édifice entier n'en souffre.

[1] Tous ces pamphlets injurieux étoient souvent aussi plats que grossiers; mais il étoit malheureusement de mode, parmi les gens du monde, de s'extasier sur la prétendue gaieté de Voltaire, qui n'étoit autre chose que des calomnies atroces ou des plaisanteries impies, obscènes ou insignifiantes et forcées, comme dans *Nanine*, l'*Enfant prodigue*, et tous ses détestables opéras comiques. Que signifie cette plaisanterie, qu'on a tant citée et dont on a tant ri :

> César n'a point d'asile où sa cendre repose,
> Et l'ami Pompignan pense être quelque chose !

Quoi ! parce qu'on ignore où se trouve le tombeau de César, il n'est pas permis *de se croire quelque chose ?* M. de Voltaire, qui disoit cela, *ne pensoit* apparemment pas *être quelque chose*. Quelle platitude ! quelle folie ridicule !....

roit un acte de justice et de bon goût
de réimprimer ses ouvrages, afin de
les mettre dans la collection des très-
bons livres. Fréron, un journaliste
de beaucoup de talent, eut aussi l'é-
minent mérite de soutenir la bonne
cause. Voltaire lui répondit en pré-
tendant qu'il avoit été condamné aux
galères : Fréron étoit un homme parfaitement honnête et reconnu pour
tel. Une nouvelle édition de son *Année littéraire* donneroit une très-juste
idée de la littérature de ce temps. Il
faudroit aussi mettre au rang des bons
livres deux ouvrages étrangers faits
de notre temps : celui de M. Duluc,
sur la correspondance des angles des
montagnes, comme l'une des preuves
du déluge universel ; l'autre, de
M. Bonnet, de Genève, et qui est
intitulé : *Contemplation de la nature.*
—Dites-moi, mon ami, et je vous
croirai, car je connois tout votre mé-

pris pour le mensonge; croyez-vous
que, religieusement, il soit permis
d'attaquer continuellement les morts
qui ne peuvent plus se défendre? —
Oui, quand on les attaque sur des
preuves incontestables, et surtout
lorsqu'ils ont pour défenseurs un
parti puissant et très-nombreux, qui,
à la vérité, n'essaie pas de les justifier, parce que cela est impossible,
mais dont on s'attire la haine la plus
envenimée, et tellement enracinée
dans leur *admiration philosophique*
et dans leur implacable ressentiment
contre les disciples de l'Évangile, que
l'âge même le plus avancé ne met pas
à l'abri de leurs insultes et de leurs
vengeances; ce qui rappelle ce beau
vers de la tragédie des *Macchabées*
(de Lamothe), lorsqu'un de ces disciples, en parlant des martyrs, dit
au persécuteur des fidèles :

Tu crois les immoler, tyran, tu les couronnes!

D'ailleurs, se feroit-on un scrupule,
parce qu'ils sont morts, de dire que
Cartouche et Mandrin étoient des
scélérats? Et, certainement, des
hommes qui, par les plus basses in-
trigues, par des écrits infâmes et
la plus odieuse hypocrisie [1], ont cor-
rompu presque tous les jeunes gens
de leur siècle dans toutes les classes,
et les trois générations suivantes,
qui ont tout bouleversé dans leur
patrie, ces hommes-là étoient beaucoup plus coupables que des voleurs
de grands chemins. Et puis, voyez
comme ils se traitoient eux-mêmes.
Voltaire, dans ses *Mélanges*, dit :

---

[1] Leurs innombrables inconséquences n'étoient
autre chose que de l'hypocrisie. Les lettres de
Voltaire au pape Ganganelli, au roi Stanislas, à
dom Calmet, au maréchal de Richelieu, qu'il
appeloit *mon héros*, et qu'il ne désignoit, dans
les lettres à ses amis, que sous la dénomination
de *tyran du tripot*, et les discours académiques
de d'Alembert, etc., etc.

« On sait à peine le titre des ouvra-
» ges de Condorcet; ils n'ont ni cha-
» leur ni profondeur; sa diction est
» terne et sans mouvement ». Le
même auteur dit encore, dans le
même ouvrage : « Mme. de Grassigni ,
» tante d'Helvétius, disoit, en par-
» lant de son ouvrage *de l'Esprit*[1] :
» Une grande partie *de l'esprit*, et
» presque toutes les notes, ne sont
» que les balayures de mon apparte-
» ment, c'est-à-dire, ce que la bonne
» compagnie avait rejeté ; il a de plus
» emprunté de mes gens, dans mon
» antichambre, une douzaine *de bons*
» *mots* ». — Je n'aime pas du tout nos
philosophes, qui nous ont fait tant
de mal ; et pourtant je prendrai contre Voltaire le parti de son confrère
Condorcet. Je n'ai lu de ce dernier
que son *Éloge de la Condamine*, que

---

[1] *De l'Esprit*, ouvrage autrefois si célèbre et
si prôné.

j'ai trouvé très-bien fait et très-spirituel ; mais je hausse les épaules quand
j'entends Voltaire s'écrier que Pompignan est un *sot;* que *la Nouvelle
Héloïse* est un *sot* roman. — *Dangereux,* oui, et plein d'invraisemblan-
ces ; mais *sot,* assurément non. — Je
hausse toujours les épaules quand ce
même Voltaire, qui n'a jamais pu
faire une *ode* passable, affirme froidement que J.-B. Rousseau, à juste titre
surnommé *le Grand,* n'en a fait que
de mauvaises, et quand il dit que
Gresset n'est qu'un polisson. — L'auteur du *Méchant,* pièce charmante,
écrite avec autant de verve que d'esprit, et avec des peintures si pi-
quantes et si vraies de la cour et de
la ville, que l'on croiroit qu'elles
viennent d'être faites ; Gresset, auteur de *la Chartreuse,* de *Vert-Vert,*
chefs-d'œuvre d'originalité, de grâce,
de gaieté !... Gresset, auteur de la

délicieuse épître intitulée : *A ma
sœur, sur ma convalescence*, et de
tant d'autres pièces fugitives, qui seront à jamais des modèles en ce
genre. Mais Gresset ne fut ni philosophe, ni impie, ni obscène ; il ne
s'enrôla dans aucun parti.—Le littérateur qui appelle Gresset un polisson, doit en effet faire hausser les
épaules à tous ceux qui ont du goût
et le sentiment de la poésie. Que di-
riez-vous donc d'un petit journal qui
prétend que les vers de Gresset sont
flasques, décolorés, rimaillés[1], et

---

[1] *Comme on en faisoit* (dit-il) *dans l'ancien
régime*. Qui ne sait pas qu'on n'en fait aujour-
d'hui que de *parfaits*? Dans ce même article, le
journaliste que j'ai déjà cité, appelle Gresset
un *perroquet*, apparemment parce qu'il a fait
Vert-Vert, ce qui sans doute, dans ce siècle de
lumières et de perfection en tout genre, est une
charmante épigramme, quoique nous n'en sen-
tions pas le sel : il l'appelle aussi un *pâle poete*,
et nul ouvrage de Gresset ne justifiera cette épithète.

qu'ils sont bien dignes du dix-huitième siècle, qu'il dénigre autant que
Gresset. — Ce fut pourtant le beau
siècle de Voltaire et de tous ses complices. — Non, le plus beau des siècles, le siècle par excellence, c'est
le dix-neuvième, c'est le nôtre ! —
Qu'on nous cite donc des tragédies
comparables à *Rhadamiste*, *Atrée et
Thieste*, *Électre*, à *Mahomet*, à *Sé-
miramis* ; des comédies qui le soient
à *la Métrómanie*, au *Méchant*, et depuis à *l'Optimiste*, aux *Châteaux en
Espagne* ; et un prosateur qui ait
égalé Buffon ; des livres moraux et
des discours en prose plus beaux que
ceux de Massillon, de Bourdaloue, de
Bernardin de Saint-Pierre ; des historiens supérieurs à l'abbé de Vertot,
à M. Guillard, etc., etc., etc.[1] —

---

[1] Ce dernier est auteur de *la Rivalité de la
France et de l'Angleterre*. On peut lui reprocher quelques erreurs philosophiques, et non le

Soyons toujours équitables , et con-
venons, que ce siècle a déjà été honoré par des écrivains que n'eût point
désavoué le beau siècle de Louis XIV:
M. l'évêque d'Hermopolis, M. l'abbé
de la Mennais , M. l'abbé Guillon,
M. l'abbé Mérault; l'auteur d'une
Vie du vertueux père Colonia , jésuite , et d'une nouvelle édition du
savant ouvrage intitulé : *la Religion*

cynisme de l'impiété; il a toujours eu un grand
fond de respect pour la religion, ainsi que M. de
Buffon, M. de La Harpe et tous ceux auxquels
Dieu a fait la grâce de mourir en chrétiens.
M. Gaillard, long-temps avant la révolution, a
reconnu formellement qu'il y eut *du miraculeux*
dans la vie de Jeanne d'Arc; quand les philosophes le lui reprochoient, il répondoit : Lisez mes
vieilles chroniques. Il savoit parfaitement le gau-
lois; il avoit la réputation très-méritée d'être,
de tous les littérateurs françois, celui qui savoit le mieux l'histoire de France. Il étoit déjà de
l'Académie françoise, lorsqu'il donna ce bel
ouvrage de *la Rivalité;* il convenoit naïvement
que s'il l'eût donné plus tôt, les académiciens ne
l'eussent jamais reçu. M. Gaillard fut le seul phi-

prouvée par le témoignage même des païens ; enfin MM. de Bonald père et fils, de Châteaubriand, de Ségur père et fils, Charles Nodier, de Barante; et, en poètes, MM. Briffaut, de Lamartine, d'Anglemont, de Vergniaud, mademoiselle Gai, et plusieurs autres encore; je pourrois citer aussi quelques auteurs dramatiques, un grand nombre de savans et de professeurs distingués, parmi les-

losophe auquel j'aie reconnu une bonne foi imperturbable; la révolution acheva de l'arracher à ses erreurs; il se retira à Chantilly, où, après avoir donné pendant plusieurs années l'exemple du repentir et de toutes les vertus chrétiennes, il mourut saintement, sur la fin de l'année 1800, tandis que les morts d'Helvétius, de Diderot, de d'Alembert, de Voltaire et de Condorcet, furent effroyables Ce dernier, qui avoit empêché Diderot, d'Alembert et Voltaire de se confesser en mourant, termina sa carrière impie par un suicide. .... L'abbé de Vertot a écrit plusieurs ouvrages très-estimés, entre autres, les *Révolutions de Suède* et la *Révolution de Portugal.* Ce dernier est véritablement un chef-d'œuvre.

quels nous mettrions avec justice au premier rang M. de Villemain.

Après cette conversation, Nelgis demanda à son ami s'il donneroit bientôt un nouvel ouvrage. Limeuil lui répondit qu'il livreroit à l'impression, sous quatre ou cinq mois, un recueil de *Nouvelles*, et il offrit de lui en lire une le lendemain, faite depuis long-temps, et Nelgis accepta.

CHAPITRE VIII.

Une nouvelle et une conversation interrompue.

LE lendemain matin, Limeuil arriva à neuf heures et demie chez Nelgis, et après avoir pris d'amples informations sur la manière dont il avoit passé la nuit, formule éternelle et indispensable de politesse [1],

---

[1] Et que *la politesse* devroit abolir; car il n'en est point de si mortellement ennuyeuse, puisqu'elle nécessite tous les jours l'interrogatoire le plus monotone et le plus insipide. Un célèbre voyageur de nos jours, et celui dont la conversation est également agréable et spirituelle, parce qu'il n'est jamais pressé de conter ce qu'il a vu, et qu'il répond avec une parfaite vérité, et sans avoir l'air d'en être fatigué, aux questions multipliées dont souvent on l'accable, M. le baron de Humboldt, me disoit, un jour, qu'en Amérique il avoit passé six mois sans être malade, dans un

il tira de sa poche son petit manuscrit, et il lut la nouvelle suivante.

lieu si malsain, que jusqu'alors nul voyageur
n'avoit pu y rester plus de quinze jours. Ce lieu,
à beaucoup d'égards, est civilisé; il est sous la
domination d'un roi; mais outre que la chaleur
y est excessive, il est tellement infesté de serpens
venimeux, que ces dangereux reptiles s'insi-
nuent dans les maisons, et, pendant la nuit,
font à ceux qu'ils trouvent endormis, des piqûres
mortelles: on ne se couche jamais, là, sans être
armé d'un sabre nu que l'on place à côté de soi,
pour tuer le serpent ennemi, s'il se présente; et
le matin, quand on va faire une visite ou quand
on se rencontre, voici quelle est *la formule de
politesse* universellement adoptée : *Monsieur ou
Madame, comment vous êtes-vous trouvé cette
nuit des serpens ?* Cette formule est loin d'être
insipide; elle est toujours nécessairement très-
variée, et très-souvent elle donne lieu au récit
d'un combat intéressant (car la vie en dépend),
et dont on est sorti victorieux, puisqu'on le ra-
conte. Et rien ne donne mieux que cette phrase
l'idée d'un pays sauvage et barbare.

LES DÉISTES.

Un déiste est toujours un athée honteux.

J'AI dit, je ne sais dans quel ouvrage, qu'*un déiste est toujours un athée honteux*, et je prends cette phrase pour épigraphe, parce qu'il me semble qu'elle exprime une incontestable vérité. Qu'est-ce qu'un Dieu sans Providence? un Dieu qui ne se mêle jamais des affaires d'ici bas? un Dieu n'exigeant rien de ses créatures, ne leur prescrivant rien, et ne punissant jamais les crimes, même les plus atroces? un Dieu qui ne veut ni amour, ni reconnaissance, ni culte?

Voltaire vivoit encore, et Leucipe, dans de petites brochures qui plaisoient au public, combattoit sans cesse

ses mensonges continuels, ses pamphlets impies, obscènes, séditieux et
satiriques. Malgré le déchaînement,
les cabales et les calomnies de Voltaire et des encyclopédistes, les ouvrages de Leucipe étoient lus, et il
jouissoit de l'estime universelle ; mais
ses amis, effrayés des persécutions et
de l'injustice dont il étoit l'objet, lui
conseillèrent de mettre un terme à ce
combat inégal. Songez donc, lui disoit-
on, que vous avez affaire à un parti
nombreux et puissant, qui se permet
tout pour vous nuire, tandis que vous
ne vous dispensez jamais avec lui de
la plus parfaite loyauté !.... Mais,
reprenoit Leucipe en riant, ce parti
formidable n'est pas sans générosité
pour moi, puisque chaque jour il me
donne de nouvelles armes contre lui,
et Leucipe écrivoit toujours; du moins
ses écrits, ainsi que ceux de quelques
autres gens de lettres bien intentiou-

nés, parvinrent à dégoûter de l'a-
théisme, en prouvant qu'il étoit impossible de soutenir une doctrine si
évidemment absurde ; mais, à l'imitation du Créateur, qui fit le premier
homme à son image, ils se compo-
sèrent une divinité à leur ressem-
blance, qui, loin de combattre et
de prohiber les passions humaines,
les favorisoit et les autorisoit toutes.
Ils se firent *un dieu philosophe* ; ils
prirent un ton sentimental qui en
imposa aux niais et aux hommes irréfléchis, toujours en grand nombre
dans la société, et qui trouvèrent dans
leurs livres des sentimens *très-reli-*
gieux, parce que ces athées hypocrites y parloient de l'immortalité de
l'âme et de la divinité. Sans cet arti-
fice, ils eussent été beaucoup moins
dangereux ; ils ne l'employoient que
dans leurs livres sérieux, mais ils s'y
trahissoient continuellement ; et,

dans leurs livres anonymes, ne gardant plus aucune mesure, ils se mon-
troient sans déguisement, tels qu'ils
étoient, et alors ils ne cachoient que
leurs noms, que tout le monde connoissoit parfaitement à leur âcreté,
leurs horribles principes et leurs
mensonges ; ensuite ils faisoient insérer ces mêmes ouvrages, désavoués
d'abord dans toutes les éditions de
leurs œúvres. Ce fut ainsi qu'ils
souillèrent leurs productions, leur
esprit et leur caractère, et que Dieu
permit qu'ils se déshonorassent aux
yeux de la postérité, qui finit toujours
par être équitable. Nous voyons que
déjà on ne loue plus la prétendue
gaieté de Voltaire, ni le génie de Diderot et d'Helvétius : l'ouvrage de
ce dernier (sur l'esprit) est aussi dé-
crié qu'ennuyeux et mauvais ; nous
voyons que l'insidieux et froid d'A-
lembert n'a plus de partisans, et que

son chef-d'œuvre , le *Discours pré-
liminaire de l'Encyclopédie,* n'a plus
d'admirateurs , de prôneurs et de
lecteurs ; il est vrai qu'en général , il
n'a jamais été lu , du moins entièrement : l'ennui fut sa sauve-garde.
Une demi-douzaine de géomètres encyclopédistes ne parloient de ce discours qu'avec admiration : presque
tous les gens du monde , voulant se
donner l'air savant et spirituel , en-
treprirent cette lecture ; aucun n'eut
le courage d'aller jusqu'au bout ; le
galimathias et l'insipidité, se dispu-
tant l'éloquence de cette production ,
faisoient tomber de leurs mains le livre si lourd qui contenoit cette mer-
veille.

Leucipe ne fut jamais la dupe de
ces charlatans littéraires ; il conserva
des principes et un goût pur, par
conséquent le mépris de l'affectation,
de l'emphase , de la fausseté et de l'ir-

réligion. Quoiqu'il eût une fortune honnête, de la naissance, un personnel
agréable et près de trente-huit ans, il
craignoit tellement l'empire des passions, même des plus légitimes, qu'il
s'étoit promis, mais sans faire de
vœux, de ne point se marier. Il fut
obligé de faire un voyage en Alsace;
il y fit connoissance avec une jeune
personne dont la modestie et la jolie
figure le charmèrent. On la nommoit
Isménie. Ses parens étoient considérés
et riches. Son père occupoit l'une des
premières places de la ville de Stras-
bourg : elle avoit un frère plus âgé
qu'elle de trois ans ; elle étoit dans sa
vingtième année. Plusieurs partis fort
avantageux s'étoient déjà présentés
pour elle ; ses parens, qui l'aimoient
passionnément, la laissoient absolument maîtresse de son choix, et elle
étoit décidée à ne faire qu'un mariage
d'inclination. Mélanide, sa mère, lui

avoit donné la plus brillante éducation, et pour y parvenir, elle avoit eu
le courage de se séparer d'elle en la
conduisant à Paris, où elle la mit à
l'abbaye de Panthemont, sous la di-
rection d'une gouvernante remplie de
talens, qui les lui donna tous, avec
le secours de quelques maîtres les plus
fameux de ce temps. Ce couvent étoit
illustré par le séjour que deux grandes
princesses, madame la duchesse de
Bourbon et mademoiselle de Condé,
sa belle-sœur, y avoient fait. On
trouvoit que les pensionnaires qui en
sortoient avoient un meilleur ton et
des manières plus nobles que celles
de tous les autres cloîtres. La tradition, encore si récente, de la petite
cour intérieure des deux princesses y
conservoit un maintien, et des for-
mules de politesse et de respect que
les autres maisons d'éducation ne pouvoient donner à leurs élèves ; et ces

avantages, quoiqu'au fond très-frivo-
les, ne donnent que trop souvent plus
de vogue que les meilleurs principes
d'instruction la plus utile. Isménie
avoit de l'esprit naturel, de la bonté
et des talens véritablement agréables;
elle peignoit au pastel d'une manière
charmante ; elle avoit une jolie voix;
elle chantoit bien, sans faire de mines,
sans lever au ciel les coudes et les
yeux, sans se coucher sur son piano;
enfin elle prononçoit parfaitement,
mérite qui devient tous les jours plus
rare, et sans lequel la voix n'est plus
qu'un instrument vulgaire, auquel
plusieurs autres peuvent être préférés. Isménie ne mettoit aucun prix à
la danse, quoiqu'elle eût toujours les
plus grands succès au bal; elle avoit
la plus tendre affection pour ses parens, dont elle étoit l'oracle et l'idole;
mais par ses soins assidus, son respect
et ses attentions pour eux, elle échap-

poit à l'espèce de prévention défavo-
rable qu'on a naturellement pour *les
enfans gâtés;* elle montroit constamment une extrême bonté pour ses inférieurs, et la plus compatissante charité pour les pauvres. Objet de tous
les hommages, elle n'avoit point de
coquetterie; on la citoit, d'ailleurs,
comme le modèle de la piété filiale et
de l'amitié fraternelle. Leucipe exa-
minoit attentivement toutes ces choses, et en étoit enthousiasmé. Sa première déclaration à Isménie fut de se
lier intimement avec le jeune Eusèbe,
son frère. Isménie entendit fort bien
ce langage; elle avoit l'espèce d'expérience prématurée que donne malheureusement à une jeune personne
la lecture des romans : cette expérience, due à la plus futile et à la plus
dangereuse érudition, imprime toujours beaucoup d'idées fausses dans
l'imagination, mais elle enseigne assez

bien les symptômes et la marche des passions.

Eusèbe, moins beau que sa sœur, lui ressembloit et avoit une figure agréable; sans avoir autant d'esprit qu'elle, il n'étoit nullement borné; il avoit fait deux voyages à Paris, et Leucipe ne lui connoissoit que le petit tort de trop dénigrer la province; mais du moins Eusèbe avoit un grand mérite à ses yeux, celui d'admirer exclusivement Isménie. Il est vrai que Leucipe ne connoissoit pas le véritable motif de cette profonde admiration, qui n'étoit fondée que sur l'*honneur* qu'avoit eu Isménie d'être élevée à l'abbaye de Panthemont, et d'y avoir recueilli une infinité de traits de la première jeunesse des deux princesses, qui brilloient avec tant d'éclat à la cour et dans le grand monde.

Leucipe, encouragé par l'accueil qu'il recevoit d'Isménie et par les con-

seils du zèle , hasarda sa seconde et
positive déclaration, qui fut parfaitement bien reçue; seulement Isménie
déclara qu'elle vouloit , avant de demander le consentement de ses parens , avoir en toute liberté avec Leucipe des entretiens particuliers pendant tout le reste de la belle saison
(on étoit au mois de juillet), afin de
bien connoître ses opinions , ses sentimens et son caractère. Leucipe se
soumit volontiers à cette condition,
qu'il regarda comme une nouvelle
preuve de la prudence et de la raison
d'Isménie. Tout étant ainsi convenu,
Leucipe se rendoit tous les matins à
neuf heures , et tous les soirs à six
chez Isménie, et là , dans un petit jardin , à l'abri du soleil et sous les fe-
nêtres de Mélanide , il trouvoit Isménie, et commençoit ces intéressans entretiens , dont on ne rapportera que
les principaux.

Le premier fut un des plus atta-
chans pour Leucipe : il n'y parla que
de ses sentimens et de ses espérances.
Isménie répondit avec douceur et simplicité, mais elle renvoya Leucipe
satisfait, et le surlendemain elle mit
le comble à ses vœux, en lui déclarant
sans détour, mais avec toute la délicatesse d'expressions qu'inspire la modestie, qu'elle agréoit sa recherche.
C'est, ajouta-t-elle, ce que je n'ai jamais dit à qui que ce soit au monde ;
mais avec ma décision intérieure, il
ne m'est plus permis de dissimuler
avec vous. Comme elle prononçoit ces
mots, Leucipe étoit à ses pieds; elle
s'empressa de le faire relever. Écoutez, poursuivit-elle, je sens qu'après
un tel aveu, puisque mes indulgens
parens me laissent maîtresse absolue
de mon choix, vous êtes maintenant
le seul arbitre de ma destinée ? ainsi
donc, si vous le voulez, je vous sui-

vrai demain à l'autel; mais j'ai an-
noncé que je ne déclarerois publiquement mes sentimens que dans trois
mois, et il me semble que me déter-
miner avec une telle promptitude seroit de ma part un manque de convenance; mais décidez..... A ces paroles, Leucipe repartit avec toute l'effusion de la joie la plus pure et d'une
vive et profonde reconnoissance, que
ses volontés et même ses désirs seroient toujours pour lui des lois sacrées, et qu'il étoit heureux de pouvoir le lui prouver par le plus grand
de tous les sacrifices, celui de diffé-
rer volontairement de trois mois le
bonheur de toute sa vie.

Après cet entretien, ils se sépare-
rent parfaitement heureux et charmés
l'un de l'autre. Les jours suivans, Isménie eut encore une sévérité à laquelle Leucipe fut obligé dese sou-
mettre, et qu'il ne put s'empêcher

d'admirer : Isménie défendit toute espèce de conversation d'amour ; atten-
dons, dit-elle en souriant, que nous
puissions légitimement les renouer;
nous n'y perdrons rien; car la con-
trainte que nous allons nous imposer
en doublera le charme. Ah! s'écria
Leucipe avec transport, si j'avois de
l'amour-propre, si l'on pouvoit en
avoir près de vous, que je serois ef-
frayé de l'empire absolu que vous aurez sur moi, avec ces manières en-
chanteresses et de semblables discours!....Leucipe parvint ainsi au plus
haut degré de passion où puisse parvenir une créature raisonnable : il
étoit loin de prévoir que tout cet
édifice de bonheur, qui paroissoit si
solide, alloit s'écrouler pour jamais!

Dans l'intervalle de ces touchans
tête-à-tête, il s'amusoit à chercher des
sujets de conversation dans lesquels
Isménie pût montrer son esprit et dé-

velopper ses nobles sentimens. Lorsqu'il se retrouva seul avec elle, il mit
la conversation sur la religion. On lui
doit tout, disoit-il; la véritable civilisation, le progrès des sciences... —
Des sciences! comment? — Oui, c'est
en étudiant la nature qu'on est parvenu à découvrir une partie des lois
de la physique et de la chimie, et les
propriétés de toutes les substances,
et, par d'heureuses applications, à
tirer de ces découvertes et de ces propriétés les plus précieux résultats pour
la médecine, l'industrie, les sciences
et les arts. —Permettez-moi de vous
dire, Leucipe, que je ne trouve point
cette idée religieuse; au contraire,
car, si les arts étoient dans la nature,
par conséquent si Dieu nous les avoit
donnés, ce seroit une grande inconséquence de nous en interdire l'usage.
— Mais c'est ce qui ne nous est nullement interdit ; Dieu les établit tous

23

dans son temple à Jérusalem ; seulement il veut qu'ils ne servent qu'à sa gloire, et c'est les honorer, car c'est leur conserver leur noble et céleste origine.—Je vous avoue qu'il me semble que les dévots ont tort de proscrire les spectacles.—Premièrement, ils ne les *proscrivent* point, puisque l'église ne défend point d'y aller. Mais il est vrai qu'elle rejette de son sein les comédiens scandaleux, ainsi que de ses cimetières, lorsqu'ils ont dédaigné, en mourant, de se réconcilier avec la religion, qui leur tend toujours les bras. Voudriez-vous donc, avec la pureté de votre cœur et de votre goût, aller au *théâtre de la Gaieté*, pour voir jouer *la Tête de mort* et d'autres pièces de ce genre ?... Il y a trop de petits spectacles. — Beaucoup trop, en effet ; pour l'intérêt des mœurs et de la littérature, il seroit bien nécessaire que tous les spectacles,

et surtout les petits livrés au peuple,
fussent soumis à la plus sévère cen-
sure, qui en retrancheroit toutes les
choses luxurieuses, et l'odieuse re-
présentation de toutes les cruautés
atroces; enfin, les monstrueux ta-
bleaux de baquets de sang humain
bus, par des pourceaux, etc.

La conversation finit là. Leucipe,
qui n'en étoit pas très-satisfait, prit
congé d'Isménie, et se retira. Rentré
chez lui, il fit plusieurs réflexions nouvelles qui l'inquiétèrent. Il étoit un
peu scandalisé, malgré lui, d'avoir entendu dire pour la première fois, à Isménie, des lieux communs philosophiques. Il craignit qu'elle n'eût pas tous
les principes religieux qu'il lui avoit
supposés. Comme il étoit, à ce sujet,
plongé dans une triste rêverie, Eusèbe entra dans sa chambre. Il résolut
aussitôt de l'interroger adroitement
sur sa sœur. Eusèbe étoit très-dé-

pourvu de réflexion et fort inconsi-
déré; regardant déjà Leucipe comme
son beau-frère, il lui répondit bonne-
ment sans réserve et sans aucune pré-
caution. Ne craignez pas, lui dit-il,
que ma sœur devienne jamais une bi-
gote; elle a trop d'esprit pour cela;
et puis elle a une prodigieuse mémoire
et une grande instruction; elle a lu
tous nos bons auteurs; je lui en ai
prêté quelques-uns que nos parens
ne vouloient pas lui donner. — Et
pourquoi? — C'est qu'on les refuse
communément aux jeunes filles de son
âge; mais ma sœur n'est point une
jeune personne ordinaire. — Et quels
sont les livres que vous lui avez prê-
tés? — *L'Esprit*, d'Helvétius, les
Lettres persanes, l'*Émile*, de Jean-
Jacques, et sa *Nouvelle Héloïse*. —
Elle a lu tout cela? — Et avec fruit,
je vous en réponds; aussi a-t-elle l'esprit formé comme à trente ans : cette

lecture l'a guérie d'une infinité de petits préjugés qui nuisent toujours à la
grande supériorité?—Quels préjugés?
— Oh !.... par exemple, l'abnégation
totale , en certains cas, de sa raison.
Maintenant Isménie ne croit rien,
n'admet rien, sans l'assentiment complet de sa raison. Voilà un grand pas
de fait ; elle me le doit, et j'avoue que
j'en suis fier !...

Ces réponses pédantesques et com-
munes , faites du ton le plus capable
et le plus présomptueux, révoltèrent
tellement Leucipe, qu'il ne poussa
pas les questions plus loin. Eusèbe ne
s'aperçut point de son mécontentement; il fut au contraire convaincu
que tout ce qu'il venoit de lui dire lui
avoit causé l'étonnement le plus
agréable. Cependant, Leucipe fut
tout-à-fait désenchanté par cette conversation : il avoit eu toujours une antipathie particulière pour les femmes.

esprits forts; et cette aversion, for-
tifiée chaque jour par l'expérience,
alloit se répandre sur Isménie qu'il
avoit tant aimée! et quarante-huit
heures auparavant!... Ce ne fut pas
sans un profond chagrin qu'il renonça
à un sentiment dont il avoit espéré
tant de bonheur, et à des engagemens
pris avec une famille respectable, et
sans pouvoir même en détailler les
raisons; de sorte qu'on n'attribueroit
sa conduite qu'au plus coupable ca-
price. Plus d'une fois l'idée lui vint
de remplir ses engagemens, malgré
les lumières qu'il venoit d'acquérir,
espérant qu'il prendroit assez d'as-
cendant sur Isménie, pour la rendre
entièrement à la religion; mais ensuite il se reprochoit ce mouvement
du cœur, comme une mauvaise ten-
tation. Non, non, se disoit-il, une
jeune fille qui a lu *la Nouvelle Héloïse,* est perdue, et Rousseau le dit

lui-même dans sa préface!... Non,
je n'épouserai point une fille de dix-
neuf ans, qui a lu, à l'insu de son
père et de sa mère, *les Lettres persanes,* le livre de *l'Esprit, Emile,
Héloïse,* et sans doute pis encore ;
car, dans ce cas, ainsi que dans beaucoup d'autres, il n'y a que le premier
pas qui coûte.... Non, malgré le sentiment que j'avois pour elle, je ne
l'épouserai point, mais je la regret-
terai toujours!...

Cette décision, bien formelle, le fit
manquer, pour la première fois, au
rendez-vous de chaque matin ; il n'alla
point chez Isménie, et sans se faire
excuser. Isménie s'en inquiéta ; mais
elle vit dans la matinée son frère, qui
lui conta sans détour la conversation
qu'il avoit eue avec Leucipe. Isménie
le gronda d'avoir fait cette confidence.
Je croyois, dit Eusèbe, que Leucipe
avoit assez d'esprit pour n'en être pas

scandalisé. — Il doit l'être, repartit
Isménie, quand ce ne seroit que pour
le défaut de subordination. — Comment ?— Oui, les hommes veulent que
nous leur soyons entièrement soumi-
ses ; Leucipe aura trouvé mauvais que
j'aie lu ces livres malgré les ordres de
mon père et de ma mère. — J'espère
qu'il sait pourtant que, pour qu'un
mariage soit heureux, il faut que les
époux soient plutôt amans que mari et
femme. — Sûrement, et je me flatte
que c'est ce que nous serons ; mais,
vous autres hommes, vous avez toujours une sorte de dignité masculine
dont vous ne pouvez vous départir
entièrement, parce qu'elle est de fait,
et vient de la force physique. — Fi
donc, fi donc ; il seroit si peu délicat
de s'en prévaloir ! — Les hommes sont
indéfinissables !... Mais avec de certains ménagemens, on en fait ce qu'on
veut.

Isménie resta persuadée que Leucipe, qui certainement avoit *de l'esprit* et *de la raison*, pensoit au fond
comme elle; car elle se répétoit que,
depuis le progrès si rapide des lumières, on ne pouvoit penser autre-
ment. Elle étoit véritablement philosophe; mais elle l'étoit avec discrétion
et modestie, si ce dernier mot peut
s'appliquer avec quelque justesse à de
semblables principes. Ayant toujours
caché à ses parens ses lectures clan-
destines, elle n'avoit jamais osé en
faire une seule citation devant eux,
quoiqu'elle eût surchargé sa mémoire
de toutes les sentences, c'est-à-dire
de tous les lieux communs philosophiques qu'elle avoit trouvés dans ces
pernicieux ouvrages, et que les sots
et les niais débitent avec tant de confiance et d'emphase!... Leucipe passa
encore quatre jours sans revenir. Isménie envoya savoir de ses nouvelles;

elle fut très-formalisée en apprenant
qu'il étoit parti pour la campagne, et
qu'il n'en reviendroit que dans quinze
jours. Sa famille partagea sa surprise
et son mécontentement ; mais ce n'é-
toit pas sans dessein que Leucipe se
conduisoit ainsi ; il vouloit préparer
à un changement qu'on étoit bien loin
de supposer encore.

Enfin, Leucipe revint, et il commença par faire une visite à la mère
d'Isménie. Mélanide le reçut avec une
extrême sécheresse ; elle ne concevoit
point qu'on n'adorât pas sa fille ; elle
fit avec aigreur plusieurs reproches à
Leucipe ; il y répondit froidement, et
il la laissa excessivement courroucée
contre lui. Ce jour-là, Isménie étoit
sortie ; elle ne fut point témoin de
cette visite de son prétendu à sa
mère ; mais le récit qu'on lui en fit lui
causa la plus douloureuse indignation.
Elle avoit pour Leucipe une passion

véhémente ; elle savoit par ses lectures
que rien ne rend une femme intéressante comme l'amour, lorsqu'elle s'y
livre sans réserve et avec *abandon*.
Son imagination exaltée n'avoit plus
de frein, et la modération en toute
chose n'étoit jamais, pour elle, qu'un
masque imposé par la bienséance et
par l'usage du monde.

Le surlendemain, Leucipe se trouva
à l'heure convenue au rendez-vous.
Isménie, en l'apercevant, fondit en
larmes, ce qui toucha vivement Leucipe ; mais ensuite Isménie, comme
pour se dédommager d'un long silence forcé, éclata en reproches san-
glans : l'excès de sa violence dissipa
promptement l'attendrissement de
Leucipe ; tandis qu'elle parloit avec
des gestes désordonnés, des yeux étin-
celans, et toute l'expression de la fureur, Leucipe la regardoit avec sai-
sissement, s'étonnant que la colère

pût enlaidir à ce point un charmant
visage de femme; il ne répondit que
par des soupirs : mais Isménie, ne
voyant point en lui la confusion et le
désespoir , qu'elle s'étoit flattée de
produire, loin de s'apaiser, montra
le redoublement de colère le plus effrayant. Sa mère, qui, d'une fenêtre,
avoit l'œil sur elle, lui cria, tout à
coup, de rentrer sur-le-champ. Isménie voulut obéir; mais l'infortunée,
n'ayant plus la force de se soutenir
sur ses jambes, fait quelques pas en
vascillant. Leucipe s'avance vers elle;
Isménie, palpitante, décolorée, en le
repoussant, tombe à ses pieds sans
connoissance!..... Il s'empresse de la
relever : dans ce moment, Mélanide,
suivie d'une de ses femmes, arrive
inopinément; elle arrache sa fille des
bras de Leucipe, qui aussitôt s'éloi-
gne avec précipitation. Cette dernière entrevue avoit totalement guéri

Leucipe de son attachement pour Isménie; néanmoins, voulant mettre
jusqu'au bout l'honnêteté dans ses
procédés, il écrivit la lettre la plus
convenable au père d'Isménie, dans
laquelle il lui mandoit qu'ayant reconnu, à n'en pouvoir douter, que
son caractère et celui d'Isménie ne
pouvoient sympathiser ensemble, il
étoit forcé, quoique avec beaucoup de
regret, de renoncer à l'honneur de son
alliance : le reste de la lettre étoit
conçu dans les termes les plus respec-
tueux.

Isménie montra un désespoir qui
excita, dans sa famille, une grande
irritation contre Leucipe; et, quelques jours après, il reçut une lettre
d'Eusèbe, dans laquelle ce jeune
homme lui demandoit raison de l'*af-
front* fait à sa sœur, et lui déclaroit
formellement que, voulant se battre
avec lui, il exigeoit qu'il lui donnât

un rendez-vous pour le lendemain
matin, au point du jour, sur les remparts de la ville. Leucipe lui répondit,
sur-le-champ, qu'il méprisoit le duel,
que réprouvent également la religion
et l'humanité; qu'ainsi, il n'acceptoit
point de rendez-vous pour se battre,
mais qu'il sauroit se défendre, si on
l'attaquoit, et qu'il passoit tous les
jours, de grand matin, dans une
promenade solitaire qu'il indiqua. Il
ajoutoit qu'il n'avoit point offensé mademoiselle de l'Épine (c'étoit le nom
de famille d'Isménie); qu'il n'avoit
attaqué ni ses mœurs, ni sa réputation; qu'il reconnoissoit seulement
qu'il y avoit entre eux incompatibilité
d'humeur. Le lendemain matin, un
peu avant sept heures, Leucipe se
rendit à la promenade dont il avoit
parlé dans sa lettre; il n'y vit personne, et s'assit sur un banc, décidé
à s'en aller après un léger repos; au

bout d'un petit quart d'heure, il
aperçut tout à coup Eusèbe l'épée à
la main, qui lui cria : défendez-vous !
Comme Leucipe se levoit en tirant
son épée, une femme pâle, écheve-
lée, vint brusquement se jeter entre
eux deux. C'étoit Isménie, si éton-
namment changée, que Leucipe, d'a-
bord, ne la reconnut pas ; elle tenoit
un poignard étincelant et tout neuf ;
s'appuyant sur un arbre, à quelque
distance, et s'adressant à tous les
deux : Écoutez-moi, dit-elle, réconci-
liez-vous, embrassez-vous, ou je me
plonge, à vos yeux, ce poignard dans
le sein. A ces mots, Leucipe frémit
d'horreur, mais il n'hésita point ; il
tendit les bras à son adversaire, qui
s'y jeta en pleurant ; leurs pleurs se
confondirent ; Isménie y mêla les
siens. Promettez-moi, reprit-elle,
que, quelque chose qui arrive, vous
n'attenterez point sur vos jours : ils le

jurèrent; alors Isménie s'avançant,
ingrat, dit-elle, à Leucipe, tant que
j'ai pu te cacher *la force de mon caractère*, tu m'as aimée : tu voulois
dans une épouse une esclave et non
une compagne ; je conviens avec toi
que nous n'étions pas nés l'un pour
l'autre; tu trouveras assez d'âmes
vulgaires pour me remplacer; mais
dans un cœur tel que le mien, *l'a-
mour doit faire le destin de la vie;*
je renonce à son charme, à ses illusions, et quand je serai lasse de ses
rigueurs, je saurai m'en affranchir;
du moins je dois jouir *de mon indépendance et de toute la dignité de
mon être:* adieu, reçois ce poignard
avec lequel j'étois prête à m'immoler
pour toi ; c'est le seul gage d'amour
que je puisse te donner; conserve-le
toujours, et qu'il te rappelle quelquefois la malheureuse Isménie. Non,
s'écria Eusèbe, en arrachant le poi-

gnard de la main d'Isménie, il n'est
pas digne d'un tel présent ; il sent à
peine ton *héroïsme* ; il devroit être à
tes pieds, et il n'éprouve que de l'é-
tonnement et de la terreur ! Donne-
moi ce poignard, que je conserverai
comme le trophée le plus touchant de
la gloire d'une âme aussi forte qu'elle
est céleste ; je le déposerai sur un
autel élevé à l'amour et à la mélan-
colie ; et ce monument, mis un jour
dans les archives de notre famille, y
perpétuera le souvenir de ton action
et de ton admirable caractère.....

Leucipe ne voulut pas en entendre
davantage ; il tourna brusquement le
dos à ces héros de la philosophie moderne, et il s'éloigna d'eux à toute
jambe. Il alla s'enfermer dans son cabinet, pour réfléchir, sans distrac-
tion, aux événemens surprenans de
cette matinée. Grand Dieu ! se disoit-
il, à quel excès d'extravagance peut

conduire le manque absolu de religion! Une fille, qui a positivement désobéi à ses parens, en leur laissant croire qu'elle a toujours été le modèle de la plus parfaite soumission; une fille qui a renoncé à toute innocence et à la religion, en lisant les ouvrages les plus condamnables; une fille qui se livre, sans réserve, à une passion devenue criminelle, puisque le mariage n'en est plus le but, et qui, en même temps, se croit une héroïne digne de l'admiration de tous les siècles, pourquoi? parce qu'elle a voulu se souiller par le seul crime irrémissible, puisqu'on meurt en le commettant, le suicide!....... Et, après ces réflexions, Leucipe remercioit le ciel de l'avoir préservé du malheur affreux et du désagrément d'avoir une femme et un beau-frère *philosophes.*

Sur la fin du jour, il reçut d'Is-

ménie une lettre conçue en ces termes :

« Comme je vois que, loin d'être
» éclairé par les lumières de ce siè-
» cle, vous avez conservé tous les
» préjugés de nos aïeux, je veux gé-
» néreusement achever de vous ôter
» quelques foibles regrets, en sup-
» posant que vous en ayiez. Grâce à
» mon frère, qui pense comme moi,
» j'ai profité du perfectionnement de
» notre époque; je suis déiste : j'ad-
» mets un Être suprême et l'immor-
» talité de l'âme; mais le Dieu que
» j'adore n'est ni implacable, ni ri-
» goureux, et je dis avec Voltaire : *que*
» *le vrai Dieu est un Dieu qui par-*
» *donne* [1]. Le Dieu que j'adore est
» trop au-dessus de nous pour se
» mêler en rien de tout ce qui se
» passe sur ce petit point que nous

---

[1] Et le vrai Dieu, mon fils, est un Dieu qui pardonne.

» appelons la terre. C'est le rapetisser
» étrangement que supposer qu'il
» préside à tout ici bas ; et même,
» comme le dit un de nos auteurs
» célèbres, *à la manière dont un*
» *scarabée plie son aile :* nous autres
» déistes, nous nous formons une
» idée plus noble de la Divinité, et
» nous ne la rabaissons point ainsi.
» Enfin, comme je vous l'ai déjà dit,
» nous avons la *bonhomie* de croire
» que la raison ne nous est donnée
» que pour être la règle souveraine
» *de notre foi,* et nous ne croyons
» que ce qu'elle approuve. Voilà les
» *erreurs* et les *folies* pour lesquelles
» vous m'avez répudiée ! Puissiez-
» vous ne vous en point repentir ! Ce
» souhait est sincère : vous convien-
» drez que la charité chrétienne ne
» pourroit aller plus loin. »

Leucipe, parvenu au plus haut
degré d'indignation, prit aussitôt une

plume et, de premier mouvement, il répondit ce qu'on va lire.

« Non, mademoiselle, *la tolérance*
» *philosophique* n'a jamais surpassé
» ni même égalé *la charité chré-*
» *tienne;* mais d'ailleurs le souhait
» que vous exprimez avec beaucoup
» de grâce, manque de vérité; vous
» ne désirez pas sincèrement que je
» sois inaccessible au repentir et aux
» regrets, puisque, pour me faire re-
» pentir du sacrifice si méritoire que
» j'ai fait aux bonnes do trines, vous
» me citez tous les lieux communs
» et tous les raisonnemens philoso-
» phiques qui vous paroissent les plus
» frappans.

» Non, mademoiselle, la raison ne
» vous est pas donnée pour être *la*
» *règle de votre foi* et pour ne croire
» que ce qu'elle approuve, car vous
» êtes forcée de croire, chaque jour,
» ce qu'elle n'approuve en aucune fa-

» çon; le vent, les propriétés de la
» boussole et de l'aimant, les pierres
» qui tombent du ciel [1], plusieurs
» effets de tonnerre et de l'électricité,
» tout ce qu'il y a de vrai dans le
» magnétisme, et des millions d'au-
» tres choses miraculeuses dont nous
» connoissons les résultats et dont
» nous ne pouvons concevoir les cau-
» ses; la raison nous est donnée pour
» comprendre, par conséquent pour
» approuver pleinement tout ce qui
» a rapport à la morale et à nos de-
» voirs. J'avois déjà eu l'honneur de
» vous dire de vive voix toutes ces
» choses; mais en vrai philosophe,
» vous comptez pour rien les réfuta-
» tions les plus victorieuses; vous n'y
» répondez point, et vous recom-
» mencez avec une confiance imper-

[1] Quoique nos philosophes aient nié ce fait
pendant plus de soixante-dix ans.

» turbable à répéter les prétendus
» raisonnemens dont on vous a le
» mieux démontré la fausseté : ce n'est
» pas là sans doute une bonne logique,
» mais c'est un moyen sûr pour n'être
» pas confondu. Nous sommes entou-
» rés de prodiges qui nous ôtent le
» droit de dire, que nous ne voulons
» croire que ce que nous comprenons ;
» si nous pouvions expliquer tout,
» nous serions les égaux des intelli-
» gences célestes, ce qui est impos-
» sible tant que notre âme habitera ce
» corps mortel. Enfin, nous sommes
» forcés de croire à ce qui répugne le
» plus à notre orgueilleuse et faible
» raison ; c'est qu'il existe un être ou
» une chose qui n'a jamais eu de com-
» mencement ; car si l'on ne croit pas
» à l'existence de Dieu, il faut croire
» que la matière est éternelle, puis-
» qu'elle est incréée !....

» Non, mademoiselle, vous n'êtes

» point déiste ; vous êtes athée : pen-
» sez-vous quelquefois à votre Dieu ?
» l'invoquez-vous ? Non, sans doute,
» puisque vous croyez qu'il dédaigne
» toujours de penser à vous ; qu'il est
» trop grand pour s'occuper de ce
» monde, et trop bon pour punir : à
» quoi donc vous sert la croyance
» d'un Dieu ? quelle influence a-t-elle
» sur votre conduite, vos sentimens,
» vos principes ?

　» Je vous en ai dit assez pour vous
» faire sentir le vide affreux de vos
» désolantes doctrines ; car quelle
» consolation pouvez-vous en attendre
» dans les revers, dans la vieillesse
» et à la mort ?

» Hélas ! après la mort, malheureux mécréant,
　　» Quel destin devez-vous attendre ?
　　» Au ciel vous ne pouvez prétendre ;
» Que vous reste-t-il donc ? l'enfer ou le néant !

　» Mais la religion verse un baume
» consolateur sur les plaies du cœur

» les plus déchirantes ; elle nous ré-
» compense dès cette vie, par la paix
» de l'âme, le premier des biens : ne
» nous en étonnons point ; il est un
» avant-goût des biens célestes dont
» il forme la base.

» Le déisme et l'athéisme sont les
» ennemis naturels du raisonnement,
» de l'instruction, de l'esprit obser-
» vateur et de la force d'âme ; ils au-
» torisent à se livrer lâchement à
» toutes ses passions ; en nous par-
» lant continuellement *de la nature*
» et souvent dans un sens abject di-
» gne d'eux, ils ne veulent pas per-
» mettre à leurs disciples de lire
» avec fruit dans le livre immense
» qu'elle tient toujours ouvert, et
» dont tous les détails s'accordent si
» bien avec les pages divines du livre
» par excellence (comme l'exprime
» son nom), *la Bible* [1] ; il faut se con-

[1] Son nom vient de *biblos*, qui signifie *livre*, c'est-à-dire en effet, *le livre par excellence*.

» tenter avec les philosophes moder-
» nes de phrases quelquefois sonores,
» presque toujours insignifiantes, et
» souvent absurdes et contradic-
» toires.

» Ayez donc le courage, mademoi-
» selle, de lire *la Bible*, et soyez
» persuadée que tout ce qui est véri-
» tablement beau en morale, en élo-
» quence, en description, etc., vient
» de là; songez que même vos con-
» frères les philosophes en ont fait
» l'éloge. Voltaire, dans une lettre à
» madame du Deffant, a dit : Heureux
» qui a assez faim pour dévorer l'An-
» cien Testament. Ne vous moquez
» point : ce livre fait cent fois mieux
» connaître qu'Homère les mœurs de
» l'ancienne Asie : *c'est de tous les*
» *monumens antiques le plus pré-*
» *cieux.*

» Diderot lui a rendu un éclatant
» hommage dans son éloge de Ri-
» chardson. Votre ami Rousseau ap-

» peloit la Bible *le plus sublime de*
» *tous les livres ;* il ajoutoit qu'il étoit
» *pénétré d'amour et de respect pour*
» *elle* [1] ; il est vrai qu'il a cruellement
» démenti ce *respect* et cet *amour*.

» Adieu, mademoiselle : permet-
» tez-moi de vous offrir, dans cette
» lettre, un petit manuscrit de moi,
» que j'ai fait, il y a près de quinze
» ans, sur des faits dont j'ai été té-
» moin, et qui m'intéressoient d'au-
» tant plus que l'héroïne de cette
» courte histoire est ma cousine ger-
» maine. »

[1] Rousseau a fait en outre un éloge éloquent et
magnifique de l'Évangile, dans Émile ; et c'est
dans ce même ouvrage qu'il a placé *la Profession
de foi du vicaire savoyard... ..*

TABLE DES MATIÈRES

CONTENUES DANS CE VOLUME.

CHAP. XX. Retour à Saint-Aubin; conver-
    sations. . . . . Pag.   1
CHAP. XXI. Course à Mâcon; conversa-
    tions.   10
CHAP. XXII. Retour à Saint-Aubin; mala-
    die de Nelgis.   28
    L'Auteur octogénaire; nouvelle   32
CHAP. XXIII. Suite de la maladie de Nel-
    gis.   59
CHAP. XXIV. Départ de Saint-Aubin; pe-
    tits voyages en Bourgogne. . .   64
CHAP. XXV. Suite du voyage; Verman-
    ton 'et Grottes d'Arcis, Ancy-le-
    Franc, Montbard.   75
CHAP. XXVI. Dijon.   85
CHAP. XXVII. Départ de Sens, histoires
    intéressantes. 112

DEUXIÈME PARTIE.

CHAP. I. Histoire du chêne-chapelle. . . . 147

Tu vois la triste destinée
De ces mortels présomptueux
Qui viennent sur ces bords heureux
Par une route détournée ;
Si tu veux donc dans ce séjour
Mériter un jour une place,
Marche constamment sur ma trace ;
Suis-moi sans feinte et sans détour :
En vain de mon auguste image
L'on pare son front imposteur ;
Pour avoir droit à mon suffrage
Il faut l porter dans son cœur.

FIN DU TEMPLE DE L'HONNEUR.

TABLE ALPHABÉTIQUE

DES FABLES.

A

L'ABEILLE et le Papillon, *page* 47
L'Admirateur du Louvre. 208
L'Alouette et le miroir. 29
L'Ame et le Corps. 189
L'Ananas. 227
L'Ane et les autres Animaux. 221
L'Arbre. 185
Les Avantages de l'Education. 188
L'Avare et la Pie. 226

B

Le Bateleur et les deux Singes. 106
Les deux Bateliers. 4
Le Berger, les Paysans et le Loup. 118
Le Bœuf et l'Ane. 116
La Brebis, l'Agneau et le Berger 68

C

Le Carlin et le Chat. 59
La Carpe et le Carpillon. 112
Le Cep de vigne et le Chêne. 220
Le Chardonneret et le Rossignol. 217
Le Charlatan. 201
Le Chasseur et les Convives. 152
Le Chat et le Chien. 231
Le Chat, le Serin et le Miroir 129

Le Chêne et l'Arbrisseau, *page* 6
Les Chevaux. 183
Les deux Chevaux, 125
Le Chien-Canard et le Chien-Loup. 182
Le Chien de chasse et le Chasseur. 154
Le Chien qui a mordu son Maitre. 36
Les deux Chiens. 147
Les deux jeunes Coqs et les Enfans. 163
Le Cordonnier et le Singe. 123
Le Crime et le Châtiment. 180
Les Cyprès. 170

D

La jeune Dame et la Mode. 99
La vieille Dame et le Mendiant. 117
La Danse des Singes. 160
La jeune Demoiselle et le Miroir. 54
Le Diamant et le Lapidaire. 77
Les deux Diamans. 65
Le jeune Dissipateur et le pauvre Rentier. 244
La Douairière et le petit Chat. 37

Chap. II. Départ du presbytère. 163
Chap. III. Fin du voyage. 188
Chap. IV. Arrivée à Paris. 202
Chap. V. Portraits et lieux communs. . . 209
Chap. VI. Conversation. 229
Chap. VII. Suite du précédent. 234
Chap. VIII. Une nouvelle et une conversa-
      tion interrompue. 251
   Les Déistes ; nouvelle. 255

FIN DE LA TABLE DU SECOND VOLUME.

www.ingramcontent.com/pod-product-compliance
Lightning Source LLC
Chambersburg PA
CBHW071901020726
47502CB00003B/853